主编　凌翔

当代作家精品·散文卷

光阴在左

润雨　著

北京燕山出版社

图书在版编目（CIP）数据

光阴在左 / 润雨著 . -- 北京 : 北京燕山出版社，
2022.4
ISBN 978-7-5402-6388-1

Ⅰ.①光… Ⅱ.①润… Ⅲ.①散文集－中国－当代
Ⅳ.① I267

中国版本图书馆 CIP 数据核字（2022）第 013691 号

光阴在左
GUANGYINZAIZUO

著　　者：润 雨
责任编辑：杨春光
装帧设计：麻　睿
出版发行：北京燕山出版社有限公司
社　　址：北京市丰台区东铁匠营苇子坑 138 号嘉城商务中心 C 座
邮　　编：100079
电话传真：86-10-65240430（总编室）
印　　刷：北京军迪印刷有限责任公司
开　　本：710×1000　　1/16
字　　数：180 千字
印　　张：13
版　　次：2022 年 4 月第 1 版
印　　次：2022 年 4 月第 1 次印刷
ISBN 978-7-5402-6388-1
定　　价：69.80 元

目 录

第六辑　心灵回声

第一辑　时光鼓点

柿子情

1

在北方众多的水果中，我总是有些偏爱于你，偏爱你红灯笼般的模样，艳艳的橙色，与某个时段的太阳色很接近，总能撩拨起心中的暖意。还偏爱那一口滑溜溜的软、那一份涩涩的甜。

每到秋天，秋分刚过，我就惦念上了，柿子上市了吗？水果摊前，寻寻觅觅，专找那一枚枚摆放整齐、鼓着红红肚子的你。看见了，一阵欣喜，呀，又见面了！挑选，付款，小心翼翼兜一袋回去，仿若赎你回家。家人因脾胃虚寒，认定柿子是凉性的，不喜吃，你便成了我的专享。一年一见，见过了，尝过了，了了一桩相遇的愿。

喜欢吃柿子，源于童年小伙伴给予的第一口品尝。小时候，家里人多，条件比较拮据，很难吃到这些不知从哪里贩来的水果。霞的父亲在公社兽医站工作，是吃公家粮的人，家里条件好一些，时不时会有一些稀罕吃的。而霞不爱吃甜食，比如柿子，她就领我去她家，问我吃不吃。我对这些见都没见过的水果充满了好奇，何况又那么爱吃甜食，于是毫不遮掩地点头，霞就让我替她吃掉。软溜溜、甜滋滋的感觉，让我的味蕾瞬间兴奋，虽然带有一点涩，但比起平日单调乏味的食物，那种口感真是妙极了。那时我就纳闷，多好的东西，霞怎么就不喜欢吃呢？有个这样的小伙伴也是我的福气哦！因了这一口无比美妙的感觉，也便有了之后的偏爱。

2

想不到，一念之间，随了一群人，就来到了你生长的故乡——太行山下的一个小村庄岭子底村。

秋收已接近尾声，大多数的粮食、果蔬已被农人收回。金黄的玉米，早已在农家的院里码得整整齐齐。田野里，割倒的玉米秆成排横躺，在迎面不寒的秋风中簌簌抖动着扬起的叶片。在一路的穿越中，窗外时而闪现的柿子树惊艳了我们。那已被采摘过的柿子树，挂在高处伶仃摇动的柿子，非常抢眼地吸引着人们的视线；而那还未被采摘，叶片落尽，枝头沉甸甸地缀满柿子的树，更是瞬间引起了人们的欢呼。那一刻，旅途的劳顿已被眼前的发现化为乌有，被点燃情绪的人们，全然像天真的孩子似的，望着这一树树的意外，感叹着粗心的果农留下了粗心的活儿，却成全了来这里观光旅者的猎奇心理和发现宝物般的惊喜，犹如小小的奖赏，激起了我们内心无限的满足。

正如诗人杜立宪所写："遍山的红叶谢幕后，你仍在枝头驻守，那是一枚枚'奖章'，挂在大山的胸口。又多像山里的乡亲，给观光的诗人们以无声的问候。"

在环山而绕的旅途中，无论是坡上、沟里，还是路旁、人家，我们尽情看到了你生长的姿态，领略了你成熟的模样。听人说，树上的果子不可摘尽，免得惹恼了树神，来年不结。想想，从开花到孕果，从青涩到熟透，大树像妈妈般守候着自己的孩子，一天天与它们风里雨里相依相偎，忽然一天，都要离开了，树也会有不舍和眷恋吧！而我觉得，树的不舍和眷恋里一定有别的美意，比如给鸟雀们留一些，让路过的鸟儿啄食，对抗秋冬日子里觅食的艰难。万物相惜，待客有道，这是柿子树的深情，也是给鸟雀们的一份惊喜。

3

农人把那些收回的柿子，或卖，或削了皮晾在一个太阳晒得着的地方，以一种特殊的方式保存着果肉，加进时间的酿制，最后做成柿饼，呈现另一种味道，以解冬日念柿之人的馋。这是后话。

当下，我凝视着晶莹剔透的你，久久回味着你的涩味，脑海里竟然想到，那是你溢出心房的羞怯，浸染在血液里，羞红在脸颊上；那是你天性的特质，是你扎在心野上的篱笆。那种欲近难留、欲语还休的感觉，让脸上那抹羞红，成为最动人的瞬间，成为拨动心弦最悦耳的琴音。

要走了。汽车再次从你的身旁驶过，横空突兀的枝丫上，伶仃枝头的你，可否瞧见了窗内的我？或许，你迟迟不肯落下，忍受着风吹雨打、秋寒薄霜，冥冥之中，知道一个爱柿的人要来，为了一展你那艳丽的容颜，也为了了却爱柿人今生相遇的愿，便坚韧地守了一天又一天。

挂着吧，愿已了，心放宽。纵然是擦肩的风景，也有过美丽的瞬间。或者难说，今日他后，又会惊艳了谁的眼，柔润了谁的情，会给谁一份惊喜、浪漫？

等待，也许已是一万年。

春在不远处

腊八，2016年冬季最寒冷的三九最后一天，我背起行囊，和驴友们走向户外。

经历过抑郁症缠磨的我，终是告别了生命的被动与消极，意志回暖，开始想触摸万物的心跳。

进入冬季以来，我一直被室内暖气包围着，还没有真正领略严冬的真面目。借着这次出行，一来对蛰伏了几个月的身体重新拉练，二来想和这个冬天有一次真正的约会，把自己置身于旷野，行走在山川间，拥抱冬日的凛冽，拥抱萧瑟的荒山秃岭，拥抱冰封溪流的画面。渴望在冬的深处，能静耳聆听到春远道而来的足音，听到坚冰里春水的躁动。也让封闭的心界再敞开一些，更明亮一点。

天刚蒙蒙亮，我们一行30余人已乘车来到距离榆次20公里的南蔺郊村，集结在村外牌楼下。我环顾四周，远处半山腰的蔺相如庙，在晨光中轮廓渐渐清晰起来。将要升起的太阳，在东山那面早已将天空燃亮，一片金碧辉煌的样子，给覆盖着薄薄积雪的田野，撒了一层碎碎的金。

两边的枯草树木也像镀了一层金边。而我们即将进入的是由北向南的沟壑，一条冰封尺余厚的白练铺展在眼前——今天我们将沿着这条结冰的涂河逆流而上。

寂静的山野里，没有任何嘈杂声，偶见一两只喜鹊在枝头盘旋，显得有些孤单。途中，唯见一只肥胖的野兔横穿过山腰，不知跑向哪里。也许它是出来散步，不料被我们这群人惊了安闲，慌张跑开。

会练瑜伽的姐妹们，在冰上大显身手，劈叉弯腰，燕子展翅，动作柔韧而娴熟，在摄影师的镜头下拍出了一张张英姿俊俏的照片。我则不然，自小怕冰，平衡能力差，生怕在上面滑倒摔跤。以前一见冰就躲，而今，却要沿着冰道走漫长的路，心里紧张如擂鼓，走起来脚心抽筋，时不时得坐下来揉搓一阵。比起在冰上展姿练舞的姐妹，我显得过于胆小拘谨放不开，只能借助登山杖的扶持，努力使自己不掉队。

身体和意志的苦修成就着眼界的远、思想的宽。

看着凝固了的河面，脑海里想象着她曾经的容颜：清澈的河水一路"哗哗"唱着欢快的歌儿，沿着或宽阔或狭窄的河道，奔涌而下。那映照着蓝天的水面，曾留下白云的倩影，多像我们的青春，纯净而欢快着，张扬而美丽过。然而，经过季节的更迭，水流中有了漂浮的枯草碎叶，遇上拐弯处，立在水中的树就将漂浮物横拦，尤其在山洪暴发之后，树身上就多了一圈又一圈失态的枯草。如同我们的生活，难免泥沙俱下，坎坎坷坷也是人生必经的路段。想想曾经抑郁的自己，不也失态地厌倦过活着？

前面出现了冰瀑。河水在某个地段形成了瀑布，忽然于哪一天，不知在哪一刻的零下冰点，瞬间凝固成恒定的姿态。曾经的欢快、奔腾，被定格在静止里。伙伴们攀上崖壁，与冰瀑合影，我也追随他们加入其中。毕竟是寒冬，脸颊冻得似刀割，一脱下手套，手指马上冻得钻心地疼，就像小时候作文里描写的"像猫咬了般的感觉"。

越是寒冷，我越能听到春的足音。

坚冰深处春水生。我知道，春是冬的梦，冬天终会过去，不久的一天春将来临。想象着冰消雪化，那种冰的断裂声，那种冰下水的轻轻流动声，若有几只鸭子赶来洗浴，真是一幅"春江水暖鸭先知"的画面。那时，我们再来这里，定是"谷莺软语花边过，水调声长醉里听"。一想到春天，我的心里已暖和三分。甚至想象着，春天就是一个俊美的新娘，为了迎接她的到来，我此次来约会冬天，似给冬天下一份聘礼，愿它将春天款款送来，送给播种的农人，送给辛勤的园丁，送给渴求健康的病人，送给一日日守候在祖国边陲的士兵……

有水的地方，总会激起人浪漫的情思，容易让人联想到佳人。我轻声哼唱着那首《在水一方》：

"我愿逆流而上，依偎在你（她）身旁，无奈前有险滩，道路又远又长。

我愿顺流而下，找寻你（她）的方向，却见依稀仿佛，你（她）在水的中央……"

唱罢即思，这条河是涂河的支流，而涂河又是潇河的支流，潇河则是汾河的支流。支流之支流，子子孙孙繁衍着，流经大地，成为滋养山川的血脉。人生何尝不像这河流，"一生辗转千万里，莫问成败重几许"。

徒步，放松身心，给心灵减压。看着伙伴们开心地玩着，笑声朗朗，自己的心情也被感染。想想，大家忘记了年龄，丢掉了羞涩，想唱则唱，想舞则舞，欢乐来得这么容易。跨不过去的冰坡，有人像孩子似的席地而坐滑下去，哪怕刹不住摔了个仰面朝天，开心传递给大家，笑声喧醒了寂静的山野。

谁说唤醒春天的一定是春雷？潜伏在人们心中的歌声已把春意召唤，早已将大地撩动。莫说萧瑟荒原，莫说枯草连天，在不久春风吹来的时候，这里将是万物复苏、一派生机盎然的景象。此刻，我们行走在坚冰上，不也深信冰下水已活，枝头绿意酿，大地阳气已渐升，春景定会来吗？

百味年节

光阴踩着冬的鼓点又一次走向岁尾。

忙碌，年前的操劳，是为迎新铺排。

春节，一个有仪式感的节点，隆重了每一个人的心境。

1

每年的大扫除，是一项艰苦的家务活，里里外外、上上下下，从擦玻璃、扫墙壁，清理每一处犄角旮旯，再到衣物的洗洗涮涮……总之，要想彻底干净清爽，就得撸起袖子加油干。早几年，一到年关岁尾，夫的工作忙，家里这些活儿几乎是我一个人做完。一干就是几天，累得腰酸背痛。

现在，每逢腊月农闲时节，勤劳顾家的妹夫会到省城做家政，专门揽擦玻璃的活儿，挣点活钱补贴家用。自然，我家的玻璃，也被他包了。从去年起，妹夫不仅自己出去为人们擦玻璃，还带着上大学的儿子一起去。俗话说，穷人的孩子早当家。与现在很多90后、00后相比，我的外甥勇儿太懂事了，但凡回家，不用父母催就直奔地里去劳动。平时，上学之余还要择机做一些事情挣点酬劳，为父母分担他上大学的费用。他母亲——我的妹妹在村里是一名代办幼儿教师，一个月才能挣到一千二百多元，满打满算也不够他的费用。做事果断的妹妹提出，家里负责每月出一千，其余不够的自己想办法。外甥不仅同意，而且勤工俭学做得很好。

记得很多年前，妹妹的两个孩子还小，女儿五岁，儿子三岁多，妹妹和妹夫常常起早贪黑拉上菜去城里卖，家里就留下五岁的女儿照顾三岁的弟弟。有时，丢下俩孩子锁家里，只给留点吃的，他们早上四五点走了，晚上七八点才能回来。生存不易，他们活得很努力，很辛苦。而今，两个外甥长大了，都很懂事，他们能体谅父母的不易，在同龄人中成熟得傲人。让我再次感叹，艰辛的生活、勤劳的父母是孩子成长中无言的导师。

今年，外甥勇儿和他爸爸一起来给我大扫除，我变相地以压岁钱的名义奖赏他，他说："我不能什么钱都拿！"我说，姨的钱可以要，这是对你劳动的奖赏。

看着一个大学生能这么不嫌脏不嫌累勤恳做活，还有什么比这更令人欣慰呢！

2

小时候，每逢除夕，母亲在包饺子的时候，会将1分或2分的硬币包在三两个饺子里，看看大年初一谁会吃出来，意味着谁就有福气，一年好运道。

初一的早晨，母亲将簸箩里的饺子一个一个下到锅里，我们看着在锅里翻滚的饺子,极其好奇地猜想哪个会是"彩头"。待煮熟后,母亲将饺子分别捞到我们各自的碗里,各人更是抱着一份侥幸心理,审视、打量这一碗饺子到底会否给自己带来好运。等吃完,便得了结论"我有福气"或"我没福气"。这个小小的"博彩"游戏把大家的好奇心扇得旺旺的,谁都希望自己能中"彩头",以证明自己是有福之人。遗憾的是,从我会自己端碗吃饭到长大出嫁,二十来年居然一次也没有吃出过母亲包的硬币,倒是嫁到夫家第一年,吃婆婆包的饺子我却"中奖"了。那时的我像孩子一样兴奋、激动,仿佛真的时来运转了。以后多年,只要吃出硬币就抑制不住开心,"中彩"的一瞬如一束光点亮了一年的心境。

近几年的除夕总被小姑叫到她家一起过,我的"中奖"率几乎年年不落。今年又是,当饺子端上来,外甥女和她舅舅求"中奖"的心理是那样急切,眼睛盯着满盘饺子,一个个审视、判断,哪个像包了硬币的?用筷子夹这个不确定,夹那个又有点不像,恨不得拿个探雷针测试一番。我打趣他们:"你们应该提前在饺子上画个记号。"说实话,我也有探奇心理,但没有他们那么强烈。谁知,有心栽花花不开,无心插柳柳成荫。我还正想着,年年让我吃出他家的硬币,今年该不会了吧?哪料,刚把一枚饺子送嘴里一半,就被一个硬物硌了一下,我轻轻放回碗里,告诉他们:"不好意思,中了!"自然,又引来一通羡慕抑或是嫉妒的侧目而视。

人们的这种"中彩"心理使得新年的这顿饺子,不单单是为了吃,还有了另一层含义:博个好彩头,一年好运道。

小时候的好奇心,长大后的好胜心,年岁渐长后的好玩心,在不同的时段,都因了饺子里的幸运硬币被逗引得膨胀、发酵而意趣无穷。

仔细想想,这饺子里的运气,不正是我们年年的期盼、岁岁的希冀?不也是我们大人、孩子乐在其中的年味儿吗?

3

大年初一，我决定给本单元一到六层的邻居逐一拜年。

说来惭愧，在这里居住了十多年，我连谁是谁家的都搞不清楚，有的连姓什么都不知道。鸡犬相闻却不相往来有过之而无不及。年年是我守家夫出去走动，今年我要走动走动了。因为几个楼层的女眷们都来了我家，点拨了我，我应该回访她们。另外，还因为若一年后搬离这里，相邻多年，我居然对他们陌生如昨，岂不成笑话！

怀着好奇心，我一一敲开他们的家门。短暂的拜访，让我首先将人名对号入座，其次对各家的状况有了一次直观的了解，各家的味道、各家的模样，不同的家境，不同的氛围，一目了然映入眼帘。六楼的大哥爱养花爱根雕，听说我也养花，执意送我一盆玉树；五楼的王嫂和我探讨孙女儿的习惯养成问题；三楼的孙大姐爱读书爱弹拉，她爱人书法写得棒，短暂的交流中，不仅帮我增长了书法知识，而且还赠我两幅墨宝……

回想小时候在农村，端着碗还要往邻居家跑，那种与邻居热络的感觉已经离我很久远了。城市的生活格局，人为地划清了界限，家家户户没有特殊情况不会轻易串门，让我们失去了彼此亲近相处的机会，自然也会少了相应的关照。

俗话说，远亲不如近邻，闲暇之时串串门，唠唠嗑，有困难时互相帮一把，生活不是又觅得了一份和谐的乐音？

4

大年初二，按老家的乡俗，是一个祭拜先人的日子。

已经有一段时间了，我总在做一个相同的梦，只要午睡，就会梦见母亲或者父亲，梦见在老家的旧院里，和母亲说事儿。依稀觉得好温馨！院子还是那个泥土院，屋内还是那些简陋的家什，但因了有母亲或者父亲在，一份亲情有了寄托，对双亲的牵挂得以满足。然而，思维在将醒未醒之间又产生了疑惑："母亲还活着，这是真的吗？"梦境里的我，能清晰分辨出自己的感觉——多么希望这是真的啊！可是，片刻的侥幸之后，心又恐慌起来，似乎为了求证一个结果，我在努力寻找依据，恰恰这时，我就醒了。一个凄凉的事实如一盆凉水当头泼来，父母亲早已不在人世，所有的温馨只是一个梦。我与父母亲已阴阳两隔，今生再难相见。清醒的那一刻，心无比痛，追不回的亲情，无处安放的思念，"子欲孝而亲不待"的尴尬，令我禁不住潸然泪下。

梦中见到的不是母亲就是父亲，做梦的套路都一样：见到他们时的开心，疑惑他们是否在世，醒来确信永诀。

为什么同样的梦境一再出现？我只要午睡就一定会这样。是我太想念他们了，还是他们托梦给我也想见我？我不得知。只记得父亲在世时嘱咐我："逢年过节，你能回来给我们上上坟就好了。"为了兑现给父亲的承诺，我不惜打破家乡的旧俗：女儿在父母去世三年后不得再进主坟给爹妈上坟。为此，我早早就和哥嫂们约定，别讲究那些陋俗，别限制我，我是女儿，理当有祭拜的权利。

今天是大年初二，按老家的乡俗是上坟的日子。夫知我腰疼，担心我能否回老家上坟。我说，必须回！父亲、母亲在召唤我，我若不回去，这个梦境就不会消失。

祭拜已故的亲人，未近坟前眼已潮湿心已痛，我放任自己像孩子一样哭，哭久别的思念，哭梦里的相见，也劝他们放心，不要多担心儿孙。一跪之下，我仿若和父母开通了两界的对话，相信他们在我看不见的地方定能看见我，并能听见我的絮叨，所以分别时以一缕青烟远逝，带走了我的焦灼，予我一份释然、安心。

初二的午睡好沉好沉。醒来想想，有父母在的日子，无论贫穷富有都是一种幸福。而这种幸福是有时限的，随着父母的离去就断了。真应了那句话：父母在，人生尚有来处；父母去，人生只剩归途。

<h1 style="text-align:center">5</h1>

拜年，是春节期间的一道"主菜"。

小时候，从正月初三开始走亲戚，哥哥骑自行车带着我，我穿着新衣服，去舅舅家、姨姨家、叔叔家挨个儿拜年。舅舅和叔叔在同一个村，今年在舅舅家吃饭，明年去叔叔家吃。那时候，觉得拜年实在是美差一桩，老早就期待上了。想想，穿着新衣服，干干净净的，心情因客人的身份而有了被重视感。那种被招待的感觉，中午盘盘碟碟几个菜，在平时很难开荤的年代，真是对胃难得的善待。何况还能挣点压岁钱，一角、两角，一元、两元，都是意外的富有。贫困的岁月，拜年是奢侈的旅行。

而今，人们生活水平提高了，吃喝不再是主要问题。更多的是，一年中难得一聚，借着拜年的机会见见面，聊一聊，给长辈们买些礼物，给晚辈们放些压岁钱。承上启下，大家开心吃顿饭，聊聊各家的事情。新媳妇、新女婿、新添的宝贝，自然衍生出很多新的话题。日子在流动，谈资年年有不同。只是，不经意间，呀，老了！舅舅，曾经红润的脸膛干瘪了，满嘴无牙，总嫌新炒的肉片嚼不动，像皮条。心脏还搭了支架。大哥头顶上的浓发不见了，稀稀拉拉的头发已遮不住光亮的头皮，额头上的皱纹增多了，腿曲了，背弯了。大姐也已满头花白。唉，一晃间，年轻已被衰老代，暮年更被百病摧。岁月不饶人，今天看到的衰老亲朋，将是我明天的缩影。回望童年，已是目送过往中越来越远的点儿。一切仿佛发生在昨天，却又寻不回昨天的情景。我们经历着，感受着，品味着人生不同阶段的酸、甜、苦、辣，内心充盈了很多人生的故事。带着故事过年，如品陈年佳酿，味道醇厚而久远。

百草坡之约

2015年春节过后，耳朵里飘进一个诗意的信息：晋中有了森林植物园——百草坡。一个普通的四线城市，竟然亮出了一张像样的名片。

为了会会这个百草坡，我有了相亲般的四访：初春的邂逅，仲夏的造访，深秋的赴约，冬日的观展。

1

第一次来百草坡，寂静的山间，行人不多。被规划修整的坡坡梁梁，虽是初春，百草蛰伏，满坡荒芜，但晨曦阁的拔地而起，如一份宣告，给原来的荒山秃岭立了门牌，留了守望。我漫步期间，放飞思绪：百草坡，多好的名字！一定有数百种草吧。再等一个月，一次春风一度暖，一场春雨几片绿，那时，万物复苏，绿意泅然，生命的勃发将是百草坡的主旋律；要是再等两个月、三个月……，百草坡又会有怎样的景观？听着荒山间传来几声悦耳的鸟鸣，我为春歌已奏响前奏心怡陶然，当下心愿暗许：入夏必来造访。

2

仲夏的一个下午，我来了。百草坡已非昔日荒凉之态，往里走，满坡葱茏，绿树成排。田野中花开成海，不同的色彩变换，不同的摇曳姿态，吸引我端起相机不停地按下快门，想将它们的壮观与婀娜留在镜头里。瞭望台的喷泉，随着音乐节奏有规律地喷向空中，为观光的人们带来了凉爽的湿润。我缓缓走在洁净的山路上，听着鸟语啁啾，看着蝶舞翩翩，心情好极了。大自然多像一个爱美的姑娘，在生命的旺季，极尽所能将万紫千红呈现，给大地以绿的铺排、花的点缀，青山依依，碧水悠悠，蓝天映衬，白云缭绕。实在是人间好去处！让奔波在尘世的我们，闲暇之余，有了欣赏美丽之地，有了心灵沉静之所。不禁为晋中人感叹，曾几何时，晋中人也有了自己的天然氧吧，有了颐养身心的后花园。还有什么比这自然花园更诱人、更适宜安顿人灵魂的地方？

眷恋着这份怡人的美色，我久久不肯离去。

黄昏，游人稀疏下来。百草坡的虫鸣合唱拉开序幕。我伫立地头，静静聆听。一开始，我只能以强弱分辨声音的起伏。渐渐地，我居然能分清大合唱里蟋蟀和蚂蚱不同的声部。那一刻，兴奋之情让我像孩子一样欣喜，对童年时代声音的记忆瞬间恢复。小时候，哥哥们捉回会叫的蚂蚱，用高粱秸的篾、穰插一个三角体的笼子，将它放进去，再塞一些葱叶或苗子白叶，然后用绳子把笼子挂在院里晾衣服的铁丝上。不定什么时候它就会叫起来。那时，想知道它是怎么叫的，我就悄悄从篾缝里看它的嘴，结果发现它不是用嘴叫，是翅膀振动发出了声音。后来在上生物课时得到证实，蚂蚱不会叫，它的身上有两个称为音锉和刮器的发音器，两者摩擦，引起前翅的振动发出"喳喳"的声音。

今天，再听它们的叫声，我陷入另一种迷惑，它们叫得这么欢，是为什么呢？是饿了找食物吃，还是闲来无事权当锻炼身体？或是……忽地，一个词闯进脑海，"求偶"。对，这是求偶的叫声。小时候听哥哥们说过，学生物的时候也听过关于雄性蚂蚱叫声的意义。联系起来，顿时觉得这叫声不再是单调的重复，而多了一份昆虫世界情感的美妙。想起电影《五朵金花》里，青年男女在蝴蝶泉边对唱情歌的情景。人，如此；昆虫，也如此。

好一个虫儿们谈情说爱的良宵！

临别，为再来约起：百草坡，这是你夏日的风情，待到秋意渐浓，我还会来。

3

在丙申深秋之末，我来践约了。

几日来，连绵的秋雨让气温忽然转凉，瑟瑟秋风将窗外的树叶纷纷吹落，恰如急件，催我快快行动。夫也急切地说，再不去，你连尾声都赶不上了。好，出发！

隐匿了几天的太阳，终于出来了，给摄影人带来了光的享用。去往百草坡的路上，车辆穿梭、游人不断，偶尔会碰到几张熟面孔。走进被秋意涂抹的百草坡，首先映入眼帘的，是那披着黄金甲般的银杏树，在秋风的戏耍下，一边摇曳生姿，一边将叶片零落满地，有的悻悻落在路上，有的静卧在绿草间。树林里，阳光穿过林梢投在被银杏叶点缀的褐色土地上，引得人情思溢满，寻找不同的角度摆拍，摄影师们则"咔嚓"声不断。

山坡上的草儿如染了发般绿一片、黄一片。昔日的花海，虽然失却了往日的柔嫩鲜活，但替代娇艳的是生命的孕育，瞧，草在结它的籽，有一份厚实慰藉余生。侧耳静听，虫鸣已绝。想来，蚂蚁、田鼠类早已备好了过冬的粮食，封闭了洞口，暖守穴中。菊花之外，耐寒的萝卜花成为深秋最后的美丽舞者，在众花凋谢的黯然中，独自娇媚。谁说深秋尽悲凉？这缤纷的黄、红、绿、紫、白，不也是大自然赋予的色调吗！

行走在路上，田野的秋色一览无余。我倒没有什么悲凉之感。细想，所有的生命都一样，由生向死，唯有过程才是当下的拥有。花也好，草也罢，从出芽、开花、孕籽，已完成了它一季的使命。享受过生长的腾跃，经历过花开的浪漫，也担当了成熟的孕育，衰，是一道坎，也是必然；哀叹，终归多了无奈。若将它当成一道景，了悟生命的传承绵延不绝，像蒲公英的种子一般，迎风飘向他处，落土安家，接受冰雪覆盖的滋养后，当春的号角再次吹响，又一季生命的绿会在田野铺开，又一季花的绽放将重新装扮大地。同样，又一曲叶的"离骚"会唱响天地之间。

4

冬雪洁白。满以为荒芜萧瑟是北方大地严冬里共同的宿命。哪知，灯光的设计成为百草坡年末迎春的盛宴。现代电子手段的介入，百草坡又成了人们观看灯光展览的好去处。灯的海洋，光的世界，失却了草木葱茏百花盛开的百草坡，褐色的坡坡梁梁上，又人工种下了千盏灯，结成了万条串，被光影装扮一新，夜晚比白天更绚烂。来观展的游人，不仅是晋中的，还吸引了百里外的省城人。

自此，百草坡四季不闲，季季有景。

在百草坡的房车营地，一辆辆崭新的房车，填充了人们心中对未来的描绘，挽着伴儿，携着友朋，坐着房车去周游世界……

三月，来看醒世红颜

　　每年的三月，我都会想起你，想起盛开的一树树桃花，想起刘国明笔下对你深情的描述——春来醒世的红颜。红颜，醒世。你让我念念不忘！

　　的确，三月当数桃花最美。

　　当大地苏醒，万物萌动之际，那经历了寒冬的铁褐色枝条上，一个个粉色的花蕾已悄然点缀枝头，只待一次春风的抚慰、一场春雨的洗礼，便以娇美的微笑撞开初春的门窗。一朵、两朵，七朵、八朵……如点燃春天的火苗，一夜之间粉色铺陈一片。

　　最初的桃花是很美的。因为大地刚从冰封中醒来，萧瑟的土地上，草芽正努力往上钻，树枝矫情地努着鹅黄的芽苞，如烟似雾。总之，当绿还来得不够浓烈、不够铺排时，悄然绽放的桃花，如清幽的仙女落到凡间，以带给春天的第一抹亮色惊艳了人们的眼，触动了人们的情思。难怪有人说，你是最早给大地带来艳色的使者。

　　行走在公园、地头，春天的阳光还是淡淡的，桃花喧闹的笑声已翻越了低墙矮栏，开得迫不及待。"争开不待叶，密缀欲无条"，当你将灿烂的容颜亮世于人，农人醉了，路人醉了，来此游玩的旅者们也醉了。

从初开的惊艳到盛开的热烈，你一路愉悦着人们的心情。远远望去，千枝丹彩、万朵粉云，依稀世外仙境；走至近前，轻轻一嗅，一股清香扑鼻。再睹花颜，却是玉面含羞，如红粉佳人。将花朵轻触脸颊，清凉、柔嫩，那感觉妙不可言。此情此景，再想想古人的描述，仿佛感觉里加进了调味的佐料，馨香绕心。"桃之夭夭，灼灼其华"，在《诗经》里经久灿烂着。"竹外桃花三两枝，春江水暖鸭先知"，在苏轼的笔下构成一幅迷人的暖春图景（《惠崇春江晚景》）；"人面不知何处去，桃花依旧笑春风。"崔护在《题都城南庄》中的描写，生动的用词，淡远的意境，更是将桃花的优雅俏姿淋漓地表现了出来。这些经典名句，将我们赏桃花的心情，调制得如遇红颜而醉。

脑海里常想着这样的画面：河堤绿柳扶风，溪边桃花映水，偶尔春风吹落花瓣，似粉雨降下，水面上漂浮的花瓣则多成为蚂蚁用来渡河的小船……童话应景般萦绕脑际。

我是喜欢桃花的，喜欢它淡雅的粉色。在众多亮色系中，粉色的衣服曾一度成为我的最爱，真希望穿上它就能带给大家桃花般的感觉。相信很多人也喜欢桃花，自古至今给孩子起名叫桃花的实实不少。作者刘国明曾有精彩的描写："你喊一声桃花，一个村姑回过头，三个村姑回过头……"。不叫桃花却带了"桃"字的，在农村也数不胜数。我的同学里，有春桃、文桃、繁桃……我的婆婆、姨姨们不也叫富桃、继桃、菊桃么。想来，叫一声桃子，会有很多人回头呢！

三月，我们来看桃花，如看醒世的红颜。

走近桃花，也就走进了春天的怀抱，走进了春天的故事。

拜访，在青涩时节

——我的草原天路行

1

我来看你，在你并不绚烂的时节。

似乎来得有些早、约得有些唐突。我不知道，是千里之外的探亲加快了我与你的相见，还是你的召唤促成了我千里探亲的行程？也许互为因果吧。还在一年前，你就以响亮的名字召去了我的魂魄。草原天路，顾名思义，托付于大地草原之上，绵延起伏于群山峻岭之间，与天空相接。我极尽想象之能在脑海里描绘着你的宏伟、壮观。

草原的风，草原的雨，草原的羊群……

自幼生长在黄土高原的我，对草原有着无限的向往，向往那蓝天穹顶下一望无际的盈盈绿草，向往牧羊人鞭儿悠扬下悠闲吃草的雪白的羊群，还有那如风驰电掣的策马奔腾。所有这些辽阔、自由、动感十足的画面，想来都是电影电视赋予我对草原的认知。据说，你与美国的 66 号公路相仿——又添一份神秘。我的身边有人来过，还有更多的人跃跃欲往。我，也真的想来看看。

从家乡山西晋中来草原天路，要七百多公里的车程。从百度上查，草原天路位于河北张家口市张北县境内，居于张北县与崇礼区之间，是连接张北县塞外风景区及张北草原风情大区的一条重要通道，号称中国十大最美丽的公路之一。因亲戚在张家口市怀安县，距离张北县有一百多公里，所以，在特定的时间——2016 年初夏之际、远方表弟的婚期，在走亲戚的计划中，生出了造访草原天路之意。

2

参加完表弟的婚礼，带着对草原天路梦幻般的期待，我们向张北县进发。

前一天夜宿张北城，第二天凌晨四点多起床，简单吃些食物、整好行装，打开导航仪就向天路驶进。五点半多，已从西入口野狐岭进入。首先迎接我们的是塞外猎猎寒风，吹得人脸寒手冻，下车待不了五分钟就想赶紧钻回汽车。我不由得自嘲：风吹头发满脸飞，双手直往袋里钻，眼泪清涕一起淌，薄衣难挡入骨寒。这里哪儿有初夏的影子？从气候到植被俨然一幅初春景象。

由于我们对路况不熟悉，汽车转了个大圈又回到了起点，却意外游览了新建设的西线景区，登上了"古长城遗址"的观景台。观景台设施已基本完工。站在观景台上，放眼四周，空旷壮美、景色宜人，古长城遗址、鸡冠山景致一览无余。之后，我们又转到大圪垯石柱群和它附近的大营滩水库，在波光粼粼的湖水前，忘情地拍摄、留影。真是应了人们说的那句话——多走的路不会白走，能让你看到别样的风景。

塞外，有着自己独特的气候。据说桦皮岭年均气温只有 4℃。也许缘于这样的气温，天路两边的植被，丝毫没有入夏的葱茏，而更像初春少女般绿得如烟似雾。一排排冒头的小草，与前任的枯黄以及翻松的褐色土壤形成黄绿褐相间的色调，使公路两边的层层梯田和一段段浑圆起伏的丘陵，像穿上了编织的美丽毛衫。

塞外草原，呈现给我们的是它青涩的模样。尽管不够风华绚烂，但行驶在如玉带般蜿蜒曲折、跌宕起伏的天路上，感受着蓝天与之相接，白云仿若可触，阳光格外耀眼，一山过后又一山，山山之间只看到天、路相接处，永远望不到路尽头，一种神秘莫测、静谧深远的感觉溢满心房。两边车窗外，遥望远处山峦起伏、沟壑纵深，近处山坡上草甸牛羊，山坳里房屋人家，真也是一幅优美的百里坝头风景画卷。沿路的许多景色不断刷新着我们的视野。而动感十足的，却是那分布在天路两侧山野的一排排高高耸立的白色风力发电塔，俗称风车，随风无休无止地转动叶片，十分夺人眼球。感叹人类的智慧结晶与自然风光的巧妙融合，在草原特殊地形结构的映衬下形成天路最经典的风景之一。

草原天路弯道多、坡又陡，初夏时节，因非节假日，路上车辆不多，可以说畅通无阻。

3

中午，我们抵达草原天路的东入口崇礼。这座美丽山城群山环绕，碧水长流，空气清新，街容整洁靓丽，不愧为人们所称赞的"北京的后花园"，也是 2022 年冬奥会的主赛区。在饭店吃饭的时候，我顺便问一位当地人，草原天路什么时候来最美？当地人回答，8 月中下旬以后。看来，我们来得确实有点早了。

不过，行驶在天路上，看着窗外青涩却也壮观的景色，我已能想象出盛夏和金秋时节，草原天路该是怎样的风貌。想想，当野花盛开，各色花朵点缀在绿意融融的草原之上，阳光明媚，天空湛蓝，蝶儿飞舞，那是多么沁人心脾的景色；想想，当层林尽染树梢，秋意浓浓时节，塞北梯田在纵横交错的线条中填充着斑斓的色彩，还有那收割中成垛码放的庄稼，那种丰收的画卷，想来都让人心醉。

有资料显示，冬季的桦皮岭更为壮阔，这里降雪期可达 120 多天，年降雪量达到 700 毫米，为滑雪、滑冰及延长旅游季节提供了天然廉价的条件。"山舞银蛇、原驰蜡象"该是最形象的比喻。

我在头脑中，尽情描绘着草原天路不同季节的模样，青涩之态虽在眼前，但我坚信，草原天路今天的青涩，是孕育，是力量的积蓄。恰如人生四季的必经阶段，每一段都有每一段存在的理由，每一段都有每一段美丽的梦。春的青涩、夏的绚烂、秋的辉煌、冬的浪漫，才是草原天路最美最完整的四季华章！

草原的风，草原的云，草原的天路。

无论今后来与不来，草原天路的美已潜入我心。尽管此时不是最绚烂的时节，但从现在的青涩中，我已望见你明天的美好。

丁香又绿

看到这一天，如冬的拐角遇到春。

活着，在一座城市的中心位置，守着占地 81021 平方米的废旧厂房，和早已锈迹斑斑、蛛丝网挂的机器，我们寂寥地过了一年又一年。很奇怪，当身后的欧式办公楼被损害成残垣断壁，居然没有人来对我们做个了断——或被砍掉，或被连根拔起，而是任凭我们在一片废墟上兀自活着，活得冷清而无趣。

将近一个世纪地站立，99 年，我们从幼苗长成老树。晋华创建者的初心、希望，一代又一代晋华人的热情、干劲，变革时期的衰萎、萧条以及人心的冷暖，我们都见证了。

根植于这片土地，享受着这座城市的空气、阳光、雨水，曾沐浴在晋华耀眼的光环中。

晋华，这座诞生于民国时期的纺织厂，从二十世纪走过来的榆次人、晋中人，无一不晓它的盛名。那个年代，每个人都能找到在晋华工作的或亲属或朋友或同乡或邻人。那时，在晋华上班，是多么荣耀的事情。

一厂兴旺，造福万家。一个晋华，带动了一座城市的几个产业链：鼎盛时期下设第一分厂，第二分厂，地毯厂，印染厂四大分厂。还有附设的晋华幼儿园、晋华小学、晋华技校、晋华中学、晋华医院、晋华报社、晋华电视台等，彭真曾亲自为该厂厂训题过词：华北最大的纺织厂。破产前的晋华，可是中国500家最大的纺织企业之一啊！其辉煌的工业历史，不仅浸透了早年晋商振兴民族工业的智慧、决心与努力，也浸透了近代产业工人爱国、报国的抗争与付出，为我国现代纺织业竖起一座丰碑。它确实是三晋大地上的一颗明珠！

没有晋华，就没有榆次。这话出自很多人之口。

然而，工业化的急速发展，社会经济体制的变革，晋华在骄傲地走过一段显赫之路后，和全国很多的企业一样，日暮西山，破产无逃。曾经干劲满满、热火朝天的车间，薄了人烟，凉了机器。才几年时间，厂区遗存的民国建筑颓败欲倾，几座古老的库房门上锁锈斑斑。墙壁上"增强质量意识，提高产品信誉"的口号犹在，而那些在飞转的梭子里编织自己青春的纺织姑娘们，早已失了踪影，只有在摄影师的片子里尚能看到她们昔日的风采。正如那些被描写为"养汉工"的纺织姑娘们，她们曾在飞转的梭子里穿梭自己的青春，在纵横的织线里编织自己的人生。她们曾是三晋大地上盛开的铿锵玫瑰。但时过境迁，人是物非。她们自豪的神情，灿烂的笑容，已成为历史被定格在格芙兰的相册里。

厂外的一条街，现在成了零杂商业街，卖肉卖粮的、卖蔬菜水果和日杂的，摆满了街道两边。古旧恢宏的晋华纺织厂门，也成了小摊小贩背靠的风墙。

晋华，渐渐被人们遗忘。偌大的厂子里，我们孤冷地立在废墟中，终日守望着那些黑黢黢的破败的窗和机器，过着荒凉颓败、看不到希望的日子。

忽地，春风造访。

也许是因为身处城市的中心区域，毕竟承载着一座城市厚重的过往，也许是人类意识到工业遗产的灭失将导致城市文化遗产的断层，将对城市肌理和个性特征带来不可挽回的伤害，于是，决策者们提出了利用晋华纺织厂旧址上的文物建筑、文化元素，以文博创意产业为入手点，重塑老厂区的城市功能，打造拥有丰富空间体验和独特文化氛围的"晋华1919"园区。晋华，从此命运陡转，寂寥的暮景中焕发出新的生机，"晋华1919"记忆馆、晋华风云演艺中心，还有晋华博览传奇文化景观长廊、晋华印象摄影基地……将在这片土地上一一建起，我们也被从废墟中保护起来，身后的欧式办公楼，在原图下重建。

多年沉寂的厂区热闹了，视察的、修建的、采风的，来往穿梭。相信将来会有更多的新面孔出现在这里，那时，我们和光阴一起走进故事。

第二辑　岁月深处

光阴的对岸

四月的北方，绿意渐浓，但还未见燕子的踪影。每年这个时候，它们正在北飞的路上。而我却要与它们相向而行，向南方辗转。

冥冥中一个灵犀，应了召唤——受河北采风协会邀约，我千里迢迢来到了江西上饶，来到了隐匿在葛仙山下接近仙界的村庄——陈家坞。很巧合，这个村庄因背依的山形像燕子巢，故又名"燕子窝"。想不到，转山转水转光阴，转来了别样的邂逅。

陈家坞，欧阳修，山清水秀，还有千年古樟。

当大巴停在铅山县葛仙山乡陈家坞支部委员会门口，我们参观了这座新建的乡村政治中心，聆听了当地领导的介绍。然后出来，循着一条崭新的柏油路，缓缓走进村庄。目及道路两侧，过了花期的油菜花，已结了稚嫩的豆荚，以一片翠绿铺开在宽阔的田野里。远处白墙黛瓦马头墙的房舍，被青山环绕，村口古树参天，枫香、青冈、古樟树……绿荫蔽日。因每棵树都挂着铭牌，有着年代的记载，我站在一棵千年古樟下，驻足仰望，如敬仰一位老人。我相信，那一刻的心语，无声，却彼此都懂。

村口道路旁边的竹亭多了一份休闲雅趣，似乎在说，远方的客人，请你留下来！

街道两旁的院墙，刷白的底色上画满了反映农事的诗画："溪头夜雨足，门外春水生""东皋一犁雨，布谷初催耕""令序当芒种，农家插莳天"……一条水渠从村庄穿过，不知汩汩流向何方，时有少妇蹲在水边洗着什么。

行至街心处，一座墙体泛黄的古老建筑赫然入目。这便是欧阳宗祠了。听着村人的讲解，仔细端详眼前的一切，我的神思开始在数百年间游移。宗祠门前，一双石头门当，迎来送往，彪炳着欧阳家的礼仪。门楣上的两副户对，纹理清晰，象征着主人尊贵的身份。宗祠大门两旁刻入石内的楹联："德传怀玉声著庐陵自昔人文蔚起，秀毓馀阳支绵陈坞於今俎豆馨香"，以欧阳家族世代秉持的家风传训后人。木质结构的祠堂内，高深空廓，础柱顶梁。"六一堂"端挂着欧阳修像，左边墙壁上，镌刻着那篇享誉世人的《醉翁亭记》，右边木牌上写着欧阳家训。空旷处，古桌古椅古家什，述说着陈年旧事。透光的天井，斑驳的灰瓦里生出一撮新绿，伴着和风弥漫着先人暖暖而禅定的目光。参观中，欧阳后人拿出了族谱，用无声的文字佐证着这里的一切。古戏台上的唱念做打，唱了几百年，还在唱，已是村人不可缺少的年节文化。宗祠，让后人有了不息精神的滋养，让根的绵延有了源头活水。

乡村是我并不陌生的地方，因从小生于斯长于斯。而此行陈家坞却彻底颠覆了以往的印象。一座在秀水青山间弥漫古韵清香的村庄，如世外桃源般，震撼了我的视野，触动了我的灵魂。走近她，仿佛走进了一条光阴的隧道，穿越数百年，看到了欧阳修后裔的行踪，看到了陈家坞的前世今生。八百年时间不短，当欧阳修第十六代后人从庐陵迁址于此，以耕田烧石为业，过着淳朴的生活，一辈辈走来至今已是第三十五代。

这些后人默默生活在岁月的长河里，虽没有先祖欧阳修位高文达、名著天下，但他们于此勤耕劳作，兴建家园，传家训，祭先人。四百年的欧阳宗祠，就是历史的见证。因了这个见证，让我们触摸到了一代文豪、政治家传世千载的遗训，还有那厚重的家谱，如古树的根系，绵延不绝。

我曾想，是青山秀水赋予了村庄之美，还是先贤之灵奠定了村庄文化之厚重？也许因为偏居深山，缓冲了时代风浪的冲击，虽也未能幸免"文革"侵扰，但整体的建筑还保存完整。不得不想，这是否是后人选择隐居深山的先见之明？或者是遵从了先人笔下"环滁皆山也"的居住愿景？想来，二者兼有吧。

沿着宗祠，向来龙山上行，那些先人们住过的老房子还在，门窗的剥离腐蚀，坍塌的砖瓦，疯涨的蒿草，飘摇于风雨中。但在斑驳衰颓中，我分明看到了一份精神的坚守。今天的乡村建设者们殚精竭虑，拨开繁芜的零落，寻找丢失的传统文化之根，让欧氏家训引领熏陶陈家坞一方山水一方人。他们还不忘与时俱进大力发展农业、旅游业，百亩油菜、千亩白莲的种植已列入规划。相信，不久的陈家坞，春至绿染遍野，花开时，彩蝶纷飞金黄成片；收获时，"遍地油菜人不见，闻笑始觉又丰收"的画面，以及那千亩白莲婀娜摇曳的风姿，更会令人迷醉。

宗祠，家训，碧水，古樟，道路，田野……眼前看到的陈家坞，已不仅是一个秀水淙淙青山环抱的村庄，而是一个数百年历史演变的图腾。在光阴隧道里缓步走寻的我，分明看到了它的前世今生，也看到了它未来的光景。

夕阳西下，神思迷离的我被眼前的景象拽回：娴静的大娘默立于家门前，注视着一茬又一茬来往的游人。街心竹亭里，几位老者悠闲聊天。带孩子的母亲们，将较小的婴儿或抱在怀里，或推在车里，闲散在广场上。学生在健身器材上玩耍。卖清汤的夫妇推着车从容地为来者煮、熬、配料。一条黑狗平展舒服地躺在街心，旁若无人。好一幅安逸的乡村图景，而此刻，淡淡的夕晖为乡村涂上了最后一抹金色。

即将走出村庄，我想起了村口的古树，葱茏的枝叶，是它们生命的体征，那深深扎入地下的根，承载了千百年历史的风云际会。粗糙的皮表下，掩藏的是温润的内心。陈家坞数辈子的人生，都被它们看在眼里，记在心上。它们用自身的年轮记载下所有的过往。看见了，知晓了，心里有数了。而今，依然像哨兵一样守望着村庄，守候着这里繁衍不息的后代儿孙。很喜欢这首描写陈家坞的诗："两崖青山护我门，两旁乔木尽儿孙，此中绿竹参差见，溪水溶溶流出村。"

好一个秀美的乡村！请相信，我还会来，在光阴的彼岸，为了一个新的见证。

古韵新章看万年

1

暮色时分，载着京、津、冀、晋、湘作家采风团一行三十余人的大巴，驶进了江西上饶万年县神农大酒店。这是我们采风的第二站。第一站陈家坞。刚刚告别的陈家坞，余韵还在心头缭绕，万年的清香即撩开一角神秘的面纱。

酒店的餐桌上，杯觥交错间，一盆特色白米饭端上来，细嚼慢咽中，万年贡米的清香已入口、入胃，它的"国米"盛名也深深入心了。

万年，这个以时间命名的地域，一定有着意义不寻常的厚重。

华灯初上的县城，勾起了我的游览之兴。晚饭后，随县宣传部王部长和几位文友，走上街头，步行往公园方向去。散步是其一，而想尽快认识一下万年这座城市，也是一个心愿。就像去赴一场相亲，好想早早知道对面的人儿是啥样子，会不会中自己的意。然而，夜幕下的城，像披了黑纱的美人，能让你感受到她的窈窕体态和优雅步履，却在星点灯光下，难以窥其真容。一路上，多是听王部长娓娓道来的介绍，顺便呼吸湖畔树林里飘来的桂花香味。别样的城市别样的味道，这是万年给予我们的见面礼。

万年，这个名字起于何时？因甚而起？我未能及时追溯，却在接下来两天的采访中，领略了它的得天独厚、源远流长。

2

被定为江西省县域发展先行的试点县，地处美丽的鄱阳湖之滨的万年，位居南昌、上饶、鹰潭、景德镇对角线交叉位置上，拥有江南乡村山清水秀之丽质，环境是典型的"生态绿地"，空气的少污染，优质的地表水，是全国名副其实的宜居宜业典范县。且听这些荣誉称号，"全国生态文明先进县""中国绿色名县""省级卫生县城""省级园林城市"这一连串的标志性头衔，足以让人明了其大家闺秀般的不凡出生，而天然优胜的资源，更像大户人家对其小女丰厚的陪嫁。

人杰地灵的万年，似乎在时光的煮熬中，皆因这个"万"字，很多物产声名远播。且知，万年珍珠，素有"世界淡水珍珠看中国，中国淡水珍珠看万年"之美誉；万年生猪，每年占江西供港生猪总量的40%，全国最大规模的单体生猪养殖场就在万年；万年贡米，早在明朝时期就被定为"代代耕种，岁岁纳贡"，荣获"国米"称号；"万年青"水泥，是中国驰名商标，多年来一直畅销国内外……

地表上的风光，是子孙的荣耀。而沉埋地层下的文明，久远，令世界震惊！

3

我们无法不为祖先的智慧点赞，无法不为人类文明因此向前推进几千年而自豪。而这一切，多像过去有钱人家，在建房造院中，将一部分金银财宝埋入地下、砌入墙中，预期后代儿孙家境不佳时意外享用一下。仙人洞出土的不是金银，但那些骨器、蚌器、陶片、炭屑等，价值大到整个人类共享。谁能想到，就在万年的一个普通村庄，居然藏着两个惊天古迹——仙人洞洞窟和吊桶环岩棚遗址，时代在距今 2 ~ 1.5 万年的旧石器时代末期及距今 1.4 ~ 0.9 万年的新石器时代早期。

万年县大源乡，一座名叫小荷山的山脚下，我们亲临观瞻一座名曰"仙人洞"的石灰岩溶洞。在县文物局老局长王炳万老人的详尽解说下，我们一点点地知道了其被发现和挖掘的过程。20 世纪 60 年代早期进行首次挖掘，其出土的石器、蚌器、骨器以及大量记事符号的鱼骨镖等，引起了世界考古界的反响。后又在 20 世纪 90 年代末期，中外考古专家联合进行了深度挖掘和考古，发现出土的陶片、陶罐，烧制的时间要追溯到一万多年以前，确实可称为世界第一罐。更重要的一个发现，是科考出了一万二千多年前利用野生稻驯化、培育成栽培稻的植硅石和孢粉遗存的证据。这个不同凡响的洞穴，一鸣惊人，出土的这些宝贝，进一步证实了万年是世界稻作文化的发源地，水稻种植从这里起源。我国杂交水稻育种专家、中国工程院院士、"杂交水稻之父"袁隆平院士亲自题字"野稻驯化，万年之源"。试想，当我们的祖先意外发现了野生稻的那一刻，所引起的惊喜和思考，并在渔猎之外，开垦荒地，在简陋的环境下开始探索水稻的栽培方式，那是最原始的科研，却在引发人类食物链的革命。阳光都会为他们布景，清风会为他们欢舞，那些鸟雀啊、兽类啊，更是喜悦歌唱。春种，夏收，或夏种，秋收，年复一年，他们有了饱满谷粒的收成。

面对收获的稻谷，得有盛装的地方吧？于是，制陶业诞生了，陶罐问世了。先人们发挥着自己的聪明才智，不断改善着部落的生活水平。餐饮从茹毛饮血到有了香米充饥，从生嚼到取火煮粥，这是一个多么飞跃的质变！旧石器时代，野生稻驯化，农耕的出现，历史开启了文明新篇章。

稻是人类重要的粮食作物之一，养活了全世界大半的人口。当水稻在中国广为栽种后，逐渐向西传播到印度，中世纪引入欧洲南部。而万年人民对稻作文化的贡献，在于他们肩负起发现、挖掘、维护、研究的历史重任，使得万年稻作文化延续至今，其历史之悠久，其影响之广，其从明朝入贡朝廷到今天走上百姓餐桌，其国际享誉度令世人咋舌。袁隆平院士在仔细察看了万年贡米的稻穗、稻种后称："万年贡米是一个古老的品种，在一个地方连续种了1600多年，这是全世界所仅有的。"

吊桶环遗址离仙人洞约八百米距离，是万年的先民们肢解猎物、分配劳动成果或进行物食易换的场所。据说这是王炳万老人发现的，最后以他的姓氏命名，称为"王洞"。很喜欢女作家孙会欣的这段话："历史在隐退的同时，总会在某个角落遗留一些灵性的细节，供后人探究。虽然，这一发现，在漫长的历史长河中只是冰山一角，但足以让世人读懂人类文明发展史的深厚渊源。"

仙人洞、吊桶环，这两个地标性的遗址，是大地史书的呈现，如一页精美的插图将远古文明的画卷徐徐展开，将万年的历史涂抹上厚重的色调。

4

与先人的家园毗邻，而今的万年，顺应时代的变革，大刀阔斧发展农业、旅游业及各项产业，促进经济发展的同时，着力环境治理，且看这一座座秀美乡村的规划和建设——

过去，对于乡村的记忆，离不开脏、乱、差。然而，无论是走进珠田乡越溪村，还是陈营镇社里新村，以及大源镇白云村和齐埠乡星明村，美丽整洁的村容村貌徐徐展开在我们眼前。其中几个村有"垃圾兑换银行"，引起了我们的注意。好新鲜的名字，好有创意的举措！"省级卫生县城"的称号怎么来的？循着这些线索，渐渐得知万年美丽乡村建设的一步步规划和践行之路。县政府"拆三房（空心房、危旧房、违章房）、建三园（菜园、果园、花园）"的活动号召，走"党建+秀美乡村"的工作思路，各乡镇有规划、有落实步骤，在推动村容村貌整治、产业发展等方面，做出了成绩，取得了突破。譬如，齐埠乡星明村，为开展好环境卫生整治工作，村支部结合村民意见制定了环境卫生管理制度，每月开展家庭环境评比和每半年对评比进行奖励，举办"好村长，好卫士，最美清洁户"表彰大会及广场舞大赛等活动，成立 13 支环境卫生监督志愿服务队，发放环境卫生奖励资金物品，13 个自然村发放了由社会捐助的电瓶保洁车，建立全省唯一由台商捐助村级垃圾兑换银行等等。如今，星明村环境卫生意识已深入人心，村容村貌干净整洁，村民精神风貌明显提升。

据悉，他们还大力发展村级产业，外出学习取经，聘请专家来村考察指导，科学规划水果种植产业和千亩优质稻生产基地，精心编制了互联网+U 型千亩农业观光水果产业园发展规划，成立了星明四季果业合作社，带动了 53 户贫困户入股和就业。

真应了那句话：一万年太久，只争朝夕！

万年，走在建设美好家园的路上，古韵悠悠，新章灿然。

寻找童话里的那只龟

1

我从凡尘而来，带着生活赐予的三分仓促、七分追赶。三千里路程车马劳顿，只为见你，和你有一次灵魂的促膝晤谈。

生活就像一场场比赛，紧张的接力一程又一程，让日子如陀螺般旋转。得失成败间，一份茫然，让心灵少了些许从容，也少了静心的品赏和恬淡。

走进龟峰，宛若神的喻示，今生必有这样的一次邂逅，或在早晚。

站在临崖栈道上，我的目光被那只巨龟吸引，那是一只怎样的龟啊，吐纳着天地灵气，跨卧绿野之中，昂首东游。不远处碧水环山，恰如上帝遗落的腰间玉佩。宋朝诗人杨万里在《过龟峰》中曾有描写："大龟昂首瞻南天，仙人赤脚骑龟肩。"南宋大臣、抗金宰相陈康伯也有诗曰："形势如龟禀赋奇，昂头曳尾向溪湄。"（《题龟峰》）可见，龟貌壮观，气势轩然。

　　龟，被人们视作长寿的象征物、灵物，虽行动迟缓，但心境的超然淡泊，令众生仰羡。弋阳的龟峰，是大自然的杰作，是上天恩赐世人的一方宝地。

　　称奇的是，这里不只一龟威武，而是众龟成景，山是龟，峰是龟，石头也是龟。上帝该有多么宠溺，才会将众龟请来，构成一个庞大的龟世界。百年的、千年的、万年的，林林总总，子子孙孙，绵延不绝。暮春之际，满山植被葱茏，深浅不一的绿中，偶有盛开的桂花、杜鹃花，还有若干不知名的花儿草儿点缀着山野。近处、远处的嶙峋怪石，除了以龟形呈现，还以人、鹰、狮、熊、骆驼等等的姿态，若雕塑般徐徐出现在视野。信步其间，不难看到：迎宾龟的致礼、十八罗汉的禅定，骆驼峰的敦实，老人峰的休闲，神龟驮塔的意趣，武士峰的凛然，老鹰峰的凌空兀立，以及回首狮、三叠龟、老鹰戏小鸡……确实，象形到让人意乱神迷，而传说的故事仿若发生在邻家院里。

　　途经一处，一个关于龟峰缘起何时的疑问刚刚在脑海闪现，就见一款地质铭牌上，赫然醒目地写着："大地史书——地层。底层就像一部历史巨著，记录和保存了亿万年来地球演化和发展的历史。……红层记录了形成时的古地理环境信息。龟峰景区内红层形成于与恐龙同一时代的白垩纪，它记录了白垩纪晚期（约9000万年）地球演化和古气候变迁的历史，成为现在我们研究白垩纪晚期地球历史的一个窗口。"

　　好一座天然隽秀的龟峰，丹霞山韵，碧水相依。伴之南岩寺的诵经梵音绕梁，香火不绝，还有数百米长的卧佛做伴，龟峰，佛意参禅，是上帝遗落尘世的乐园。难怪宋代章友直著文慨叹："噫！幽胜之最，曷发其然哉！岂融结之始，造物者有意如此耶？不然，何奇诡之多也。"

2

穿行龟峰，我的思绪往返于凡尘、仙界之间。在这无峰不龟、无石不龟的胜地，我没有忘记自己的来意，我要寻找童话《龟兔赛跑》里的那只小龟。来见它，就是为了向它获取修为的经验，做一次灵魂的放空，卸下心上多余的负载。

曾记得，那年，势不均、力不敌的你居然接受了和兔子比赛。兔子嘲笑你的扭捏、笨拙，事实也如此。换了谁，在强敌面前，都会胆战，甚至主动退出，明智挂出免战牌。而你却不放在心上，坦然迎战，尽全力爬越。你的内心有多么的镇静和无畏啊！不回避，不怯懦，从容面对，坚忍不拔才是你强大的一面。第一次比赛，兔子大意失荆州，以为睡一觉也能赶上你，可情况是，它睡过了头，输给了你。至此，你名扬四海，成了大家学习的楷模。

可是，一生怎么会只有一次比赛呢？侥幸的胜利一定建立在对手的疏忽中。当对手觉醒，做好缺失预防，你又该怎么办？事实上，之后你和兔子又进行了多次比赛，我知道，你也输过。但在你、在兔子看来，每一次的历练，让你们更接近相处的和谐。你们懂得了在一些状况下，谁都有技不如人的时候，各自的核心竞争力，换了环境，胜负难决。陆地上的优势，不见得在水里行得通。何况，个体的力量总是有限，在水陆皆有的路段，若各自为政，谁也赢不了，唯有齐心合作才是通途。所以，在后来的一次比赛中，你们一起出发，陆地上，兔子背着乌龟跑；走到河边，换作乌龟驮着兔子过河。到了河对岸，兔子再次背起乌龟，两个一起抵达终点。这样的合作，比起之前任何一次比赛，你们是否感受到了一种更大的成就感？

岁月经年，星移斗转，物竞天择是大自然的规律，而能兼容并蓄，多元综合，是社会发展的必然。龟峰，在自然天成与佛教文明的交融中，集养生、民俗文化为一炉，无论是古老弋阳腔的引入，还是民间打年糕的展示，都给人耳目一新之感。加之这是英雄的故里——方志敏烈士战斗过的地方，红、古、绿文化使它成为一颗镶嵌在弋阳大地的明珠，熠熠生辉。更有妙处，清水湖畔，一座"龟峰写作营"，格外惹人注目。是谁将文学引进龟峰？是谁把写作搬到了秀水湖边且建立了营地？两间 15 平方米的室内，画案书橱、香几茗茶，两位秀气的女子，优雅得体地招待着来往宾朋。透过这扇窗口，我们终于得知，是一位酷爱文学的女子毛素珍会长和她的团队，创办三清女子文学研究会，先后在 12 个县市和两个开发区设立写作营，还建立文学村，吸引全国各地的作家来此创作。她们让一份浓厚的文学情怀融入青山秀水，让古老的龟峰醉出大雅风范。

行走龟峰，于浮躁的心灵何尝不是一剂镇静。

沉稳、静心，如龟一样不急不躁；宽容平和，广结贤朋，面向目标努力进取而不受情绪的摆布。是否这样的心境才称得上从容自在？

问龟，微笑不语。而一份沉静已传递……

一座村庄的记忆

认识一座村庄，从按语开始。

山不在高，有仙则名。西岭村，黄土高原上的一个普通小山村，普通到若没有历史的一笔记载，这里也会悄无声息成为被世人遗忘的角落。然，正是这凝重的一笔——先人治山护水，伟人落墨，赋予了西岭村至上的荣耀，并将一种精神的风向标定格在大泉山上。从此，山村更名易姓，"西岭村"藏进历史的文案，"大泉山"，叫响山里山外。

戊戌七月末，随山西省作协一行人来到位于大同市阳高县城南 12 公里处的大泉山村。那日，我们头顶蓝天白云，目锁山峦树绿，在阳高县文联同志的陪同下，走进拥有 97 户人家、197 口人的山村大街。村口白杨成排，村内道路短直。街边柳树下站着闲散的村人，街对面矗立着两座虽不显赫却也惊人视野的展馆，"大泉山水土保持科技示范园""大泉山东方红展览馆"。它们的存在，已让眼前的山村不再寻常，让来访的我们不仅成为观光客，更主要的是走进了一座山村百年的记忆。

1

山村有山村的模样。放眼瞭望，大泉山村周围的山峦既不高也不险，一排排农家房舍也和别处一样寻常不过。然而，矗立在村口的"大泉山水土保持科技示范园"，崭新的建筑，漂亮的外围，鲜花、树木、绿草、水泥便道，高于村庄所有房舍的建造，如北京的故宫般夺目，为这个小小的山村增辉增色不少。

步入大厅，高高的正壁上，一个伟人的身影，一方文稿修改版面的铺陈，那题目的更替，那一个个圈出修改的标点符号，再现了历史曾经的一瞬，珍贵而不复。在讲解员的讲解下，大泉山的前世今生向我们缓缓走来。

透过展馆里的陈列，我们看到了大泉山厚重的过往。人的来去，事的起由，物件中蕴藏的故事，一页页画面重现昔日的西岭村风貌。图片、文字的记载中，有西岭村人原始的求生之举，有农人奋力保护生存家园的智慧写照。历史扉页里，20世纪三四十年代，张枫林、高进才两位普通的农民，硬是在"沟壑纵横，沙石裸露，山山和尚头，处处裂嘴沟，水土流失严重"的恶劣生存环境下，自发植树造林，和西岭村人一起探索出打土谷坊，筑沟头埝，掏旱井，挖卧牛坑、鱼鳞坑、排水沟、打坝，修水平田等至今科学实用的水土保持"八连环工程"，让昔日荒坡变绿生果。而他们也因自己的大手笔，惊动了当时的县委副书记王进，将其事迹与成果撰写在题为《大泉山怎样由荒凉的土山成为绿树成荫、花果满山》的文章。这篇文章最终惊动了毛泽东主席，多么现实的报喜！对于正处在社会主义建设高潮的中国农村，不外是一个惊人的先例。于是，1955年11月，毛泽东主席在编辑出版《中国农村的社会主义建设高潮》一书时，将王进撰写的文章全文收入，并且亲笔修改稿件，将题目改为《看，大泉山变了样子！》，特意加了编者按："很高兴地看完了这一篇好文章。有了这样一个典型例子，整个华北、西北以及一切的水土流失问题的地方，都可以照样去解决自己的问题了。并且不要很多的时间，三年、五年、七年，或者更多一点时间也就够了。问题是要全面规划，要加强领导。我们要求每个县委书记都学阳高县委书记那样，用心寻找当地群众中的先进经验，加以总结，使之推广。"就是这篇按语，使大泉山从此名闻遐迩，成为"全国治理水土流失一面红旗"。

而今，主席的按语不仅书写在史册里，还雕刻在展馆的墙壁上、村口的石碑上，成为一座村庄的图腾和精神风向标——成为大泉山村乃至国人永不忘怀的记忆。

主席的按语赋予了大泉山村灵魂的烛照。

2

走进村庄，相邻科技园，街道北面坐北朝南的一排平房，是"大泉山东方红展览馆"——一个让人视听错愕、神经奔突的地方。

走进去，也便走进了一个时代的回忆，那个红色占领一切的时代。展馆里陈列了毛泽东主席各个工作时期内的像章、图册、塑像等，内容种类之丰富，令人咋舌。

墙上挂满了各种各样的毛主席像章，还有那些大型线织、丝织手工布毛主席挂像、塑板画等。桌上立着的各种材质的毛主席塑像，橱窗里摆满印有红色标记的各样民用陶瓷、搪瓷碗、盆、缸、水银镜……还有当时的各种报纸、宣传画、剪纸、木刻、印章、连环画、学生课本、图片等等。这些在我童年见过的故物，今日一下跃入眼帘，让久远的记忆复活了。想不到，光阴辗转，数十年后与它们在大泉山重逢了。林林总总数以万计的红色藏品，带着一个时代的气息扑面而来。岁月此岸，睹物思昨，脑海云烟闪现。回味中仔细端详这些物件，怎能没有惊叹？我相信，每一件的来处，都有一个故事，每一个故事里都浸透着收藏人视若珍宝的爱意。这足以彰显一位普通收藏家对一个时代的倾心收集。

不由得打量起眼前的李建明先生，衣着朴素，与其他农人装扮无二。六十多岁的人，面上褶皱甚少，脸色润朗。一口阳高方言，如数家珍的介绍里，藏不住的是他洋溢的热情和自豪。他多像普雅花，凝聚一生的心血，换来最绚丽的绽放。

是啊，一生不长，能用心做好一件事，年年月月也会集腋成裘，积土成山，积水成江。最难的是坚持，李建明先生真就坚持下来了。透过众多的藏品，我看到了一位普通的老人，将毕生的心血倾注在了红色收藏上，以一生的勤勉和热爱，孜孜不倦地做了一件了不起的事。30多年风雨无阻，痴心可鉴。收藏的几万件藏品，无一不述说着平凡岁月里的坚守和执着，才铸就了今日的不寻常啊！

经历过那个特殊时代，看着满屋的曾经，我有恍若隔世的感觉，也有不解的困惑。毕竟，这些物件里浸透了那个时代的狂热。正当我纠结于如何看待曾经的一切，包括正确与错误、歌颂与批判，临出展厅时墙壁上的一句标语让我茅塞顿开，"让历史告诉未来！"说的好！这句话让我的思想拨雾见晴。历史，毕竟发生了。收藏也好、展览也罢，都是将沉潜在时光里的记忆唤醒。散文家苏伟说过一句话："现实是连着过去的，切断过去丧失记忆，我们便没了痛感的神经，也没了存在的深层体验。"

对，记忆。

我知道，记忆是存储在人类大脑里的物事镜像。可谁又能说记忆仅是人脑的专利？事实上，世间万物皆有记忆。比如，大泉山村的每一座山每一条沟每一道坡每一块田每一棵树的记忆，在漫长的流年里，生生灭灭、起起伏伏，最终在某一个时光里被重新提起，被树碑立传。于是纪念馆，成为这个村庄的史册，将发生在这片土地上的一切收纳，化为不朽的记忆。大泉山村的记忆，在"大泉山水土保持科技示范园"里，在"东方红展览馆"里。因了这两个展馆，小山村有了厚重感，有了历史的辉煌，地脉、人脉、文脉，脉脉相承。而在这方热土上，无论是前人的创造，还是后人的传承与光大，都已融进村庄的血液，造就了村庄不一样的性格禀赋。

而我想说，一座村庄的记忆，更是一个国家的记忆，一个时代的记忆。

展馆，是写给后人的教科书，记下对历史的缅怀，对未来的展望。

一座村庄，不管曾经叫西岭村，还是现在叫大泉山，变的是外界的称谓，不变的是山的魂魄、村的尊严和子孙万代的精神追随。

现在的大泉山村，早已融进新时代的号角里。建设具有历史意义的现代化生态园，成为大泉山人新的追求。

第三辑　烟火往事

向远而行

想不到，我会以不速之客的身份徒步扎尕那山。

带队的说，扎尕那山风景很美，只是目前还没有全部开发出来，路途较难走，看看谁去？我率先报名。队员中响应的不少，而真正入山时，除了几个年轻人打头炮，其他人走着走着，渐渐没了踪影。

扎尕那的山寨，连同背依的山峦，构成一道山水屏风，目送我走进扎尕那大山深处。

山路蜿蜒，远方雄浑峭拔的扎尕那山峰，在蓝天映衬下，如一幅巨型水墨，以三维镜头在我面前徐徐展开。

有那么一段时间，年轻人已走到很远的前面，我独自走在乱石横流的路上，挥汗如雨。时而仰望空灵俊美的峰顶，看似在眼前，实则还很远很远。遥不可测的距离，让我觉得山像如来我如猴，猴儿再翻筋斗也翻不出如来的掌心。偶尔，骑马的擦肩而过，一路零落的马粪堆，不知谁会在上面插枝花，形象地演绎那句"鲜花插在牛粪上"的经典。近五个小时的徒步也让我想过放弃。然，对美的仰慕让我选择了坚持。静谧的环境里思想空前活跃：回想一世，当我们学会了行走，便在一次次通往远方的路上奔突；当学会了远眺，心便如葵花向阳，一次次将生命的跋涉献给诗意的远方。求学，每一次出发都是向远而行；寻梦，教育职业的修为，文学路上的攀登，以数十年的笔耕不辍为脚印，将一个个曾经的远方变为足下的里程。而今，我与我的灵魂又艰苦地跋涉在扎尕那山里……

如画的风景养眼、养心。我为美而来，为未知的自己而来。

谁说，在路上，不是生命恒久的姿态？！

母亲的愿

总忘不了母亲的眼神，那希望时的亮和无望时的黯。

父亲到了逐渐失去劳动能力的年纪，母亲把几年来辛苦攒下的一点养老钱借给了二姐。二姐要养车跑运输，说多挣点活络钱，不愁母亲的花销。母亲告我时，眼里闪着亮光，让我对未来不确定的担忧终是没出口，并在母亲的说服下，把几年的积蓄也拿了出来。

早些年，二姐夫见村里很多人养车致富，也起了养车的念。和亲戚朋友筹借了几万元，又贷款十二万，买了大卡车搞运输。本指望多挣点钱过好日子，哪料，第一年出车就发生车祸赔偿了不少。好歹车在，还有翻身的机会。谁知，第二年在山东运输途中，又遭遇了"碰瓷"，老实巴交的二姐夫不明真相，也不敢去了解真相，丢下汽车逃了回来。至此，贷款还不上，法院隔三岔五派人开着警车来村里找他，他只能东躲西藏。负债累累的日子，让他们过上了莫泊桑小说《项链》里玛蒂尔德为还项链欠下的债务又辛苦十年的生活。炼狱般的十年，恰如人生的寒冬。

那年春天，二姐来榆次看病，面容憔悴。我陪她去医院，小心问她：

"到底还欠多少？"二姐侧脸掉头的瞬间，阳光反射出她眼角的泪花。一瞬间，我的心再被揪疼，豁出去也得再帮她一次！借钱，找人，终于把法院的事了了。虽然两手空空，但二姐夫再不用藏来躲去。

而这时，父亲已去世。母亲更是因病早三年撒手人寰。直到临终，我们一直安慰她："放心吧，会好的！"但母亲眼里一份黯然难消……

浮尘如寄

汽车疾驰如飞。陌生的路，陌生的街道，爱爱仿若梦里寻亲。

父亲病重的消息，是同父异母的弟弟告她的。她已多年没有见父亲。

车外，云翳慢剪，潇河水竭。她心事纷飞。

七岁时，外出求学的父亲决绝地和母亲离婚，找了现在的妻，把她和弟弟分别寄养到两个姑妈家。贫困的岁月，姑妈孩子多，脾气又火爆。她压抑着失去家的恐慌，想念双亲，可回不去了，如同河流不会逆转。等慢慢长大，又遇上唯"成分论"的年代，家庭成分不好，她在村里备受孤立。内外煎熬，她精神失常了。那时，她不解父亲为啥不喜欢童养媳的母亲，把所有的怨恨归咎于继母，疯言疯语，恶化了与继母的关系。继母不认她，她也再没登过父亲的家门。

四十四年，她们没有再见面。父亲偶尔会去看望她。

此刻，父亲的家里，后妈也心绪飞扬，忐忑地等待即将的会面。

到了。进门，她看到了沙发上那个白净而苍老的妇人，礼节性地问了句："婶，你在家？"那个被称为婶的后妈，睁大眼睛瞅着她："你是爱爱？怎么变成这样了？"是啊，当初那个留着粗辫的姑娘，去哪了？怎么也变得白发苍苍？恍如隔世的相见，竟是在她的丈夫——爱爱的父亲病重之际。

一切怨忧，早被时光稀释成失效的债条。

她们拉着手，端详中寻找往日的踪影，眼圈红了又红。

妈说，今后，我们拉好关系吧！

时光深处，暖，来得有点晚，但总算，小舟靠岸了。

床上，病重的父亲，淌下一行热泪……

伤逝

我不知道该用怎样的度量单位，来描述这个春天里与你的告别。

三步？两月？医院一瞥后，殡仪馆看你化成一缕青烟一抔灰？

我失眠了。实在想不出一个合适的量词。

春节之前，我在微信里发了一条信息，看到了你点赞。

二月下旬，朋友来电话，说你做了脑部手术——胶质瘤。想去看你，可时下疫情猖獗，不能聚集；再者，重症监护室，窄化了你与这个世界多元的联系。有关你的消息全靠你家人的电话。

后来，就是漫长的等待，等待你的苏醒。

三十三天，你像植物人一样不醒。直到医院宣布办法使尽。无论如何，必须去看看你了。当时，我们城市的疫情防控也降为三级。庆幸那天你要做 CT 检查，让赶到医院来探望你的我们，和你有了推架之间一步之遥的相见。那天，你的头上盖了一块布，看不清你的面容。我满脑海全是你昔日的音容，多想求证一下，躺在推架上的你现在是什么样？在你被推进 CT 室，掀开头上那块布的时候，站在门外的我闯了进去，终于近距离看清了，是你！只是你面庞浮肿，双目紧闭，唇色发紫，面颊上平添了几颗老人斑。

想不到，我这一瞥竟然成了你我同事一场生的告别。

殡仪馆，少了瞻仰仪式。限定不超过十个人，而这么多想送你的众亲朋只能在指定的地点远远一祭。

时光浮流年。这个多事之春，一向活泼温善的你，未入古稀已先离。我的耳畔还响着你开玩笑地呼我"润儿"，我斜睨你的情景，如昨。

车轮滚滚

多少个夜晚，我梦里追着列车跑。

那年中秋夜，十七岁的你第一次出远门，去一个陌生的国度求学。庞大的行李箱，装着生活必需品，也装着我们百般的不放心。你，180斤的体重，站在那里像堵墙，无不尴尬地暴露了平时的依赖习惯。少不更事的你，只想到离开父母可享受自由，却不知未来路上的艰辛，也等着你去独自面对。

出行前一天，你叫嚷着我吵了你的觉，赌气说，出国好，出去就清静了。我也发狠说，小子，这就放你出去呀！那一刻，你的任性旋起我心中母狼赶幼崽出窝般的坚决。

然而，到了车站，你拨开人群将手伸向我，妈，让我握握你的手！瞬间，一股锥心的别离之痛击中了我，眼泪顷刻如山洪漫堤……

车门关了，我急切地从窗口寻找你的身影，看见了，就在那儿。喊你，可你已听不见。

我随着列车一起走，慢慢跑，大跑……，因眼睛盯着你，人差点撞到水泥柱上。

儿啊，这一别是你少年时代的终结，从小生活的家、依赖惯了的父母，都将随着你的远行成为过去式；这一别，征途漫漫，温暖的庇护将隐遁不见，你尚稚嫩的翅膀可经得起风雨磨炼？

梦里，我开始追着列车跑。

期间，有过你隔洋抛来的眼泪，无奈，哭后还得你去面对。

成长不易，挺过去别有洞天。当阔别两年的你，以英俊的姿态立在我面前，逢事会说"我自己来"时，欣慰如冬日的暖阳融化了我揪心的挂念。

慨叹，时光荏苒，岁月的车轮滚滚向前。

老屋情殇

老屋被我们丢在了故乡。

通向老屋的巷子，经年不走，情感里已生出疏离。无人居住的老屋，成了草儿虫儿的天堂。各种飞的爬的窜的虫儿把这儿当成它们的疆域，自由驰骋，倒把曾经是这里主人的我们当成了侵略者。我站立片刻的工夫，就被不知名的虫儿狠狠咬了几个大疙瘩，让我领教了它们的"待客之道"。

檐梁屋角，蜘蛛在尽情织它们的网。

春天才收拾的院落，三个月后，因雨水催生，野草已是激情澎湃。菜畦里，被委托照看的邻人随意丢了几颗玉米籽，竟敷衍地长出几根灯捻儿似的苗，混在野草里失了主次。

前年栽的苹果树，在梨树、杏树先后枯死后，倒是活了下来，今年还结了一个毛头苹果。院内的枣树，比较坚守自己的职责，不管主人在不在，依然枝繁叶茂开花孕果，甚或为显示自己的不甘寂寞，来个绿枝出墙，向路过的人们展示它的生命又一季没有虚度。

满院里，最诱人也最让人感动的是婆婆早年栽的月季花，每年不管不顾娇艳动人地开放着，大有"你见与不见，我在这里；你欣赏或不欣赏，我自绽放"的境界。

　　追源溯流，这院址是夫的爷爷亲自选定的，屋则是公公亲手盖起的。而今，他们都去了。剩下吾辈在城里安了家，他们的孙儿走得更远，去了国外工作。平时闲置的院落，草旺虫欢人气薄。只有在祭祀先人的日子，我们才匆匆回来转一圈，掀起片刻的喧哗。

　　前院邻居的后墙塌了，压了挨着的茅厕。一份破败让人不禁慨叹：人这万物之灵，一旦少了对环境的管理，缺了烟火熏绕，环境也会失了秩序和安然，更别说洁净欢愉。

　　院门上，一把锈迹斑斑的锁，锁住了曾经的烟火岁月，却锁不住傲骨的花开和主人连绵的记忆以及往昔不再的感伤。

云端之下

　　总是在忙。忙得早出晚归，忙得无暇说话，忙得我和你像同一屋檐下的路人。有时，你想让我坐下来聊天，可我一想到眼下急需完成的几个写作任务，又推诿了。偶尔有点闲空，又陷在手机里，刷微信、群聊。心，如在云端，不见人间烟火。

　　这样的日子不知过了多久，后来断断续续听到你说，味觉不灵了，吃饭不香，身体没劲儿。我却以为，你有些矫情，小毛病看看不就好了？

　　直到那天，我加班回来，家里没开灯。我轻轻推开卧室的门，借着窗户微光，猛然发现，那个曾经躺下如座山棱的你，怎么扁平到只看见被子的堆拢？若你不应声，我会怀疑那里睡着你。那一刻，我的心仿佛被什么利器猛戳了，好疼！你怎么了？180多斤的身体怎么瘦成了这样？我和你说话，你弱弱地回应，累了，想睡。

　　那夜，雨声如泣。我失眠了。不知从什么时候起，我只顾在自己的世界里奔波，忙工作忙写作，让忙碌成为了我忽略生活的借口，却没有搞明白，活好当下才是最基本的需求。

第二天，饭桌上，你发黑的皮肤、消瘦的脸颊、无神的眼睛，再次掀起我的恐慌。不是检查了吗？你摇头："没事。"我忽然忆起，很久不见你笑了。

中午午休，我做了一个梦，梦里不见一个亲人，没有了家，寻不见了你，急得我大声喊叫，醒来后泪流满面。梦魇，将我推下了虚妄的云端，回到了柴米油盐的现实。

停下一切，陪你看病！过去，我看病总是你陪着，今后，我来陪你。

医院的病检单出来了，虽无大碍，我却不能再像过去一样……

知迷急返，重新端详日子，我捡起"原始点"的按摩手艺，每晚给你按摩代替了刷微信；清晨，为你熬一锅软软的粥；临出门前，主动送上久违了的拥抱。你的眼里闪过光亮……

送终

村人说，长辈将逝的时候，谁守跟前就是对谁好。

那天，家人们陆续返城上班，留下我和婆婆伺候您。上午，我们扶您到院子里，看菜畦、树木。座椅两边，我和婆婆给您按摩肿胀的腿。您看起来脸色蜡黄，精神恍惚，却不忘对我教诲：遇事往开想，才能得安。后来，院里进来一位老者，问婆婆，我是您的哪个女儿，婆婆说是儿媳，那人长叹一声："拴子有福气啊！"

——生死面前，他翻看的是您亲情的底牌。

午饭后，您安静躺着，似要午睡，实质已进入告别状态。

今天回想，您难受也不哼一声，是怕吓了我们，才将死亡演变成轻松入睡？爸爸，我知道，担当是您一贯的做派。

按旧俗，您应葬回祖坟，那里有爷爷奶奶们。但，地归了别人，庄稼长势正好，谈判进行到很晚，即使给足够的赔偿，主人也不松口。人家的坚守未尝不对，一地庄稼，旧墓新坟，来回践踏，何时是完！

无奈，最后决定在咱家的一亩八分地上为您立坟，择日开挖墓葬。

我不禁想，将来……还有祖坟一说吗？

出殡前，为您扫墓，阴阳先生叮嘱下去时不能言语。坑口很高，下面是坡，我跳下去差点摔倒，不由"啊"了一声。这一嗓子吓坏了我，惊恐不安中，您的尊告在耳边响起：遇事想开点！

墓葬里，我挥动笤帚，想您今后长眠这里，不由目测坑的深度，看似几米之隔，却分明已星汉之遥。

从墓葬出来，太阳刺痛了我的眼……

致终将长大的儿

1

人生如剧。在光阴的翻山越岭中，每个人都会成长。且不说身体方面生理的、心理的变化，就综合素质而言，或增长见识，或增加技艺，或改变性情，或积累阅历……历事炼心，种种重塑。就像田中的禾苗，有阳光、空气、水，就会长大一样。无非在养料充足与不足之间长好长孬而已。

记得你曾经是那样急不可耐地想出去看看外面的世界。高考落榜，你不想再复读，而选择了去菲律宾就读一所私立大学。初次离家远行，去到一个完全陌生的国度，在那里开始你新的学习生涯。在家没有操过多少心的你，将外面的世界想得过于简单，好奇、兴奋的心情大于离家的焦虑。可真正身处其间，相信你遭遇了措手不及的困难：语言的不同、生活习惯的差异、随时会面临的种种问题。在家时，你靠父母，什么都不难。而现在，父母不在身边，远水解不了近渴，你终于尝到了什么事不亲力亲为，都不会有人替你做，不想办法就会被困死。那时的你开始想家了。第一次假期到了，你急切打来电话要回来。遗憾的是，老天好像故意设障，让你的学生签证迟迟下不来，你的回家计划被打乱，你绝望地在电话那头哭叫，我们在这头难过。可没有办法，一切必须经历！相信，那时你的心情一定糟透了。可是，生活还得继续。

也许，正是那时候的一逼，你学会了靠自己。过语言关，一次次搬家，到大使馆办理签证……你像一只雏鹰，蹒跚着，磕碰着，爬上山巅，扇动起你那还不够硬朗的翅膀试飞了。

又是半年过去了，假期在即，但你已经没有了焦躁、急切，你变得平和多了。相信，在与生活的初次较量中，你靠自己的努力赢得了首捷，才有了眼下的从容。

清楚地记得，离别时，你体重 180 斤，像个大叔。而别后的第一次重逢，那个肥胖的"大叔"不见了，取而代之的是一位英俊少年。谁能想到，在家懒惰的你竟然靠着顽强的毅力，一日日地锻炼，在一年中减掉了近 50 斤赘肉，将自己还原成帅哥一枚。你知道，透过减肥一事，妈不仅仅是为看到你精干的外表高兴，而是看到了希望，看到了你潜藏的上进心和顽强的毅力。

2

20 岁的你，忽然有了很大的力气。若不是因我出差崴了脚，我们还会一直不知道呢。

那年，妈的脚骨折，打着石膏，四层楼的上下都是你爸爸背。那次，恰逢你回国休假，妈要去医院复检，你爸爸激将你："啥时你就能背动你妈了？"你一听，二话不说立在我面前，弯腰一下把妈背起来，吓得妈抓住楼道的栏杆不撒手，怕你力量不够，直喊："你不行！快放下我！"哪知，你劝我放开手后，一溜烟就跑了下去。你用行动向我们宣告：我长大了，有力气了！

曾几何时，我也羡慕那些生女儿的同事，有个女儿多好，和妈贴心，有了心事会分享，遇到困难也能商量。平时可以聊梦想、聊工作、聊打扮、聊交友……永远有聊不完的话题。而儿子就不同了，小时候和妈黏得紧、说得多，长大就和爸爸成了知己。无可奈何的区别，总让我心生遗憾：若有个女儿该多好！

尽管觉得儿子不能像女儿一样随时聊天，但在遇到一些事情的时候，你的那份主见、那份果敢，还是让我感受到了儿子有儿子的担当。

很奇怪，平时想和你说话，你总是要么在工作，要么在会友，三言两语就挂了。虽然加了微信，却常常找不见你。可是，等我心情不好的时候，你却不知道从哪儿冒出来了，软磨硬缠地要说。记得那次，妈妈情绪低落，懒得和任何人说话，只想蒙头大睡。偏偏这时你打来电话，非要和我聊天。你让我接受一项国外的人格测试，我说，不测试妈也知道自己是什么人。当时就想三言两语打发了你了事，可你对我的拒绝一点也不烦躁，口气之温和，商量之耐心，让我觉得拒绝你就是罪过。最终还是乖乖地做了你的被试，听你问，我答。70多道题，全部是英语，你一道一道翻译成汉语让我做选择。近一个多小时的测试，结果出来让妈震惊，描写的很多人格特征太像妈了，有些是妈都不知道的；而且所适合的职业类型里，有"作家"一词。

我一直不明白你为什么让我接受这项测试，是单纯哄我开心？可程序那么复杂，你居然不嫌麻烦；是帮我打开郁闷的心结，还是巧妙地在暗示我什么？我不便问你，只是私下揣测。但有一点很肯定，接受完你的测试，我被你的耐心感动了。这小子，还行！

妈曾面临工作的升迁调动，升职或不升，调走或留下，何去何从，家人意见不一。你爸爸希望妈能晋升一下职务，但妈当时身体有病，对升职后的工作并不感兴趣。倒是你不盲从长辈的意见，你的一句话："妈，根据自己的情况，听从自己内心的声音，不要把人生放在别人的眼里来活。你觉得怎么好就怎么来。"母子连心，你说到妈的心坎上了。

谁说只有女儿是母亲的小棉袄？你在妈的一些大的抉择中，以自己独到的见解，给予了妈强有力的支持。

3

你的童年曾带给我们许多欢乐，聪明、好问、还略带幽默。而你少年时的反叛，却让我们措手不及。

两句话不对就起火，时不时一个新决定震得我们目瞪口呆。这孩子咋了？咋那么倔呢？如果说生活有让人忧心忡忡的事，那就是我们不知道该拿你怎么办。所有对你人生的规划，被你蔑视唾之；凡是不和你商量我们自作的主张，被你一言击垮；那些所谓的"为你好"，你听也不待听。多少次被你顶撞，一次次加重着我们的失败感。有人说，生活的坑都是自己挖的。我们掉进了自己挖的坑里。而恰恰是从这时，妈开始进行认真的反思。

每一位当了父母的人，在孩子人生之初，都对他（她）寄予无限希望，希望他（她）将来过得好，比自己强。希望自己未能实现的奋斗目标，由孩子来替他们实现。这是家长们普遍存在的一种心理现象，反映在家庭教育中，父母按照所期望的目标来塑造孩子，大事小情都由父母说了算，孩子只有服从的份。殊不知，期望值过高过强，事事总想让孩子按父母的意愿来，却不考虑方式方法是否科学合理，最终导致亲子关系紧张，结果与父母的愿望大相径庭。

今天想来，曾经的不尽如人意，未必都是你的过，更多的责任应该在我们身上。是我们把你当成了自己的私有财产，以非常功利的思想来规划你的人生，常常置你的主体性于不顾，盲目加压，最终招致反叛。

好在，光阴也赐予我们做父母成长的权利，在教育的挫折面前，我们始终没有放弃学习、反省，并不断地调整心态，重新以一颗平和的心来与你相处，最终迎来你的变化。

你说："万事总有个过程，让我慢慢去适应吧。"让你自己去适应，自己去开拓人生的道路，是我们对你的一次真正放手。

4

时隔几年，再来审视你，你变化了很多。最明显的变化是相当独立，什么都是"我自己能……"，即使谈到买车买房子之类的大事，我们想帮你，你也是"我自己……"，实力不足时，也会说"我只借你们的。"

其次是自信。说到英语，你会自信满满地说，现在无论去哪个国家，只要这个国家通英语，你便可只身前往。工作中，无论语言交流，还是拟定文件，你都是用英语组织，看的小说也是英文原版的。有一次，你爸爸想考考你，不知从哪里找了一段挺复杂的英语对话，让你听，你听完没有任何迟疑就答了出来，让你爸爸大为惊讶，从此刮目与你。这些只是一些技能。而妈最担心的，是你还懒惰不？你自信地说："从离开家出国以后，就没有懒惰过。"这样说，妈相信。

你让我们最放心的，是能够善待同事、朋友，知道什么是该做的，什么是不该做的。与人相处，让人为先，但也有原则。原来在家的时候，脾气大得很，而今，不见了你的脾气，遇事能和我们心平气和谈了，这一点真让我们高兴。

当着我们的面，你说想抽烟，我说可以。之前，你爸爸跟我说过，别让他抽烟。我说，我们代替不了他的人生，他长大了，人生经验得由他自己来总结。无论做什么事，我们只建议，不强迫。

　　出国，让你从父母庇护的羽翼下脱离出来，开始了独立的航行，像雏鹰一样在低空飞翔。我们为你逐渐走向独立感到高兴，在今后的漫长过程中，我们更多的将是以充满关切的目光、走向深沉的挚爱，注视着你的成长、成人、成事、成才。只要你能，天高任尔飞；只要你过得好，处处山河处处家！

第四辑　藏地寻梦

为了一个与天空接近的梦

　　多年前，就想去西藏看看，因种种原因被搁置。今年，觉得不能再拖了，利用暑假，坐上户外俱乐部的中巴，以 20 天时间作抵押，向着世界屋脊——那离天最近的地方出发了，带着朝圣的虔诚，给灵魂一个寻梦的体验。

　　从川藏线进入，从青藏线返回，是行程的大致规划。

　　寻梦之路，可测的遥远——一万多公里的行程（不包括意外增加的），不是火车、飞机的速度，而是每日要行几百公里的中巴，最辛苦时日行八百公里。在路上会有许多不确定，只有经历后，才有体会。

　　总之，为了藏地寻梦，我不辞万里颠簸之苦，把自己抛给了一路风尘。

1

　　成都是川藏南线的起点，此行必经成都。

停留成都，有点像西藏行的预热阶段。这次来，我有一个心愿：再游览一次代表着"天府少城"厚重文化的宽窄巷，重温曾经的感受，叠加新的记忆。

曾记得，小巷如一位江南美女，透着娴静之味，淑然之气，款款走进了我的视野。灰墙、飞檐、褐门、石阶、窗棂、画屏。临街院落，家家有雕花的窗子，敞亮的玻璃窗展露出屋内的陈设。透过古朴的门庭，能看到宅中有园，园中有屋，屋外有树的中国式古老院落群。从门的设计，你家的是褐门灰墙，我家的是青石红门；你家端庄气魄，我家古朴深沉。门顶檐角的翘楚，门前石狮、石柱、石缸的造型，各有千秋。夜色下，街面古式的壁灯，将小巷渲染出庄重、幽深的意境。经营着各种行当的店铺，小巧别致，温而不喧。"而已"店的唐装，"不二"店的手工饰品，"子非"店的中餐……不少门匾上的命名简洁、雅致，一道巷里，仅以"宽"命名的铺子一连串儿：宽居、宽坐、宽度、宽知味、宽云窄雨、宽心小吃城，叫起来好爽心！在巷中散步的人，悠闲、从容，不急不赶，自由随意。屋外行人缓缓走过，屋内人儿暖话叙来。一条安静、恬淡、悦目赏心的文化古街，怎不让人迷醉。

然而，这次来宽窄巷，我发现没有了第一次来的感动。一样的街道，为什么少了当初的味道？细琢磨，原来是来的时间不对。上次是在晚上九点半以后和第二天早上九点以前来的，这两个时间段，游人散去或还未进入，小巷便现出了娴静、淑然的真容。而今，在一片喧哗中，游人拥挤，噪声杂乱，小巷更像一个泼辣的主妇，为生意红火吆喝着、操劳着，手脚麻利。游客们能品尝到各类特色小吃，却欣赏不到小巷宁静、悠然的韵味了。不禁想，赶潮式的旅游，凑了热闹，少了个中妙趣。

2

出成都，过雅安，穿越二郎山隧道，在海拔 2199 米的日浴高原观景台短暂停留，然后奔赴四川甘孜州泸定县，参观著名的泸定桥。泸定桥位于大渡河上，是四川入藏的重要通道和军事要津。该桥始建于清康熙四十四年（1705 年），一年后建成。康熙御笔题写"泸定桥"，并立御碑于桥头，碑上写有"一统山河"四个字。桥长 101.67 米，宽 3 米，风貌非常独特，也称铁索桥，是中国古代桥梁建筑的杰作。听过毛泽东主席"大渡桥横铁索寒"的壮丽诗句，就应该知道泸定桥在历史上的作用和非凡意义。

我走在摇摇晃晃的铁索桥上，手握铁链，脑海里浮现出中国工农红军在长征途中"飞夺泸定桥"的画面：八十多年前，22 位勇士冒着敌人的枪林弹雨，在铁索桥上英勇激战，最终夺下泸定桥，为中国工农红军长征的胜利奠定了重要基础。历史赋予肯定，泸定桥一战，中国工农红军用"十三根铁链托起了一个共和国"，谱写了中国革命史上和世界军事史上"惊、险、奇、绝"的不朽篇章。

往事如云烟散去，但历史的魂魄还在，滔滔大渡河，吟唱着英雄的战歌，滚滚向前。光阴飞转，今非昔比，此地已成为中国共产党重要的历史纪念地。念及和平，来之不易，先烈功勋，永远彪炳史册。

3

一路穿越康定、巴塘、左贡、理塘、稻城、然乌湖、波密、鲁朗……既是我们顺路的景点，也是长途行程中的驿站，接待我们一次次倦鸟归林。每到一处，为了留下一份回味，无论多么疲惫，我都会出来转转，看看它们的市容市貌，用双脚丈量一下它们街道的长度，偶尔品品当地的特色小吃，用舌尖感受一下属于这座城市的味道。康定的青稞饼，巴塘的糌粑、酥油茶，稻城的青稞酒，然乌湖的鳕鱼……还有这些城市人们的活动，"跑马溜溜的"康定情歌，中国的弦子舞之乡——巴塘青年男女优美的舞姿，以及稻城广场上欢快的锅庄舞，深深印入脑海。理塘，这座世界海拔最高的城，诞生过转世灵童——七世达赖喇嘛，被藏族人视为福地。这里还有康巴地区规模最大的格鲁派寺院——长青春科尔寺，与安多地区的塔尔寺、拉卜楞寺并称"外藏三大寺"。因赶路程，我们没有驻足久留，匆匆而过。

醉在亚丁

　　这次西行，之前没有做任何功课，对所要去的地方只知其名，根本不知道这个地方有什么。所以，期待中满是疑问，好奇中又掺着茫然。稻城亚丁之行，便是如此。

　　在坐着景点大巴车盘山而上的途中，我因急于将雨鞋套往脚上，车行中低头操弄，忽然血往上涌，一下气紧、恶心、头晕起来——高反了。我赶紧闭目，丝毫不敢向窗外看，努力控制这种不良的感觉不要再加剧。难受中便想，亚丁是个什么地方？那里有什么？头晕得这么厉害，不去可否？庆幸队医就坐在我旁边，给我及时服了一粒芬必得，感觉稍好一些。下车后走不了几步路就气喘吁吁，胸闷异常。听医生的建议，及时花30元买了一瓶氧气随身携带，以防不测。在短暂的徘徊中，我最终决定了去。

　　然而这一去，恰如一不留神踏进了上帝的后花园。

　　还在游览车上往景区途中，远处的雪山之美就震撼了眼球，让我瞬间忘记了难受。医生多次强调，为了避免高反不能兴奋，不能惊呼，可

076

我还是惊呼了 N 次，并为曾滋生的不来念头羞愧至极。

亚丁的美，美在宏阔壮观与秀丽妩媚兼具，美在白雪皑皑与绿草茵茵共存，美在风、雨、阳光瞬息幻变，美在四季景色风情各显。如仙界的御园，人未进入，远处的仙乃日峰在云雾中露出冰雪容颜，白雪倾泻，如天庭洞开。与央迈勇峰、夏诺多吉峰三面遥相呼应，山势凌峻，山顶积雪覆盖、云雾缭绕，山腰树木参天，深绿晕染。山下是美丽的高山草甸，茵茵绿毯，鲜花盛开。那一簇簇黄的、白的、紫的、粉的小花，点缀在绒绒的草坪上，在雨水的滋润下，洁净俏皮，温婉、美丽。一条由雪域之水形成的河流从草甸上经过，开阔处时而清澈见底，时而又如蛟龙一般呼啸着穿越山涧，涛声阵阵，一路伴耳。人工修葺的木质步道，整洁、精致、气派、蜿蜒穿过树林，贯通景区主要路段。行走其上，耳闻水声潺潺，目睹近处花鲜草绿，环视远处山峰巍峨，冰雪洞天，即使雨雾蒙蒙，那种空灵毓秀的氛围，让高反引起的胸闷头晕，早已被驱逐得荡然无存。只剩下满眼的美，满心的醉。

有人把这里比成"上帝的后花园"，我想，只有过之，而无不及。

自从踏进亚丁自然风景区——这座上帝的后花园，我的一切不适逃之夭夭，我的双脚如施了魔法般轻盈如燕。

大自然的秀色可餐俘获了旅者的心。我听见几个陌生的男士对着草地上的小花情不自禁地说，好美的花呀！那种怜花惜草之态尽显。女士们更别说了，时时惊呼，处处留影，走一处拍一串。爱美是人的天性，男人女人大人小孩都一样。来到这里，你会明白，不一定大红大紫，不一定国色天香，即使星星点点，也足以让你步步留恋、时时惊叹大自然的娇巧点拨。

因时间所限，没有能够到达牛奶湖。途中遇一蒙面女子，刚从牛奶湖折回，迎面问询，女子热情地拿出手机，让我看她拍的牛奶湖景色。确实是胜景逼人！但折回去的时间不够了，只好作罢。

亚丁之遇，冰川、雪山、草地、鲜花、河流、步道、祭祀台以及一条条斜挂飘动的经幡，成为我对亚丁记忆画面里灵动的构图元素，既有单个的美，更有整体的壮观。我很遗憾自己摄影水平有限，难以表现大自然的神来之笔；我也很惭愧，平生所拥有的语词难以穷尽亚丁的美好，何况，我们看到的仅仅是雨雾之中的亚丁，那晴朗阳光下的亚丁又是何种风光？确信一定是另一种震撼！

亚丁，香格里拉之魂，不愧被称为"上帝的后花园"。

毛垭草原

如果把折多山比作进藏的门槛，那么进入理塘就如同进到藏区的客厅了。从理塘往稻城出发不久，一望无际的毛垭草原滑入视野。汽车从雅江的森林河谷，逐渐翻过海拔 4500 米左右的高山草甸，草原风光一览无余。

见过的山很多，有的巍峨雄伟，有的嶙峋峭拔，有的奇山怪石，有的秀丽富饶，但都不能与毛垭草原带给我的感觉相比。毛垭草原山坡浑圆起伏，温润秀美。且不说绿茵如毯，鲜花点缀，只看那山的轮廓、线条，就像美丽妇人的身体曲线，浑然天成，任何画家画出来的线条与之相比都会逊色。

行在其间，天空像不断变幻的幕景，为毛垭草原带来了动感的映衬。刚才还乌云密布，一会儿又阳光明媚。沿途瞭望，远处山顶云烟滚动，似棉絮展开，又似白纱绕颈。一车人时时被变化的山岚震撼。山头忽明忽暗，显现了不同的层次，壮观、唯美，如仙境一般。再看近处，碧绿的山坡上，牦牛悠闲地吃草。行至山顶回望，蜿蜒的公路如青色的玉带盘踞山腰。向前看，山山相连，过渡自然。走在一条线上的车辆，相近时，让我们看不清山峦走势，可拉开距离后，前方的车辆每行至拐弯处，我们便能看到另一条弧线的旖旎之美。呼应，遥相在不远处，而又恰似在天地间。

一方水土养一方人，恰如一方草原养一方牧民。据说，毛垭草原夏天的节日多，最盛大的活动莫过于 7 月底至 8 月初举行的康巴地区的赛马会，为期 10 天。届时，成千上万的选手和牧民在草原上扎帐篷，耍坝子。所谓的耍坝子，是指康巴人穿戴鲜艳整洁的民族服装合家而出，或邀亲约友，或以村为单位，赶马拉车，在草原上搭起白色帐篷，或野牧，或就带来的各种熟食，一边喝酒，一边唱民歌和藏戏，玩各种棋牌，跳锅庄、弦子，促膝摆龙门阵。总之，回归自然，放松身心是节日的意义。在这样的盛会里，不难看到精美的康巴服饰，更能领略欢快的藏地歌舞，并一睹康巴汉子的风采。

可惜，我们看不到这样的赛马会了。旅途匆匆，如大雁飞空。心里只想着目的地，身下掠过的山川，因步履加急而少了放慢后的品味。

无论如何，我慎重地在心里刻下一个名字——毛垭草原。

走进莲花圣地——墨脱

墨脱，西藏的"西双版纳"，原本不包括在我们这次的西藏行程里。但因一位来过西藏的朋友举荐，一定要去墨脱看看，我则向领队和伙伴们提出了建议。没想到很快成行，大家一致决定增加计划外行程——去墨脱。

走上一段路，除了走进一段景色，也会走进一段别样的经历。

墨脱之行恰恰是我西藏行中最难忘的一笔，如同一颗熠熠生辉的宝石镶嵌在记忆之库，惊险刺激，温暖难忘。

1

从波密去往墨脱的路，适合越野车。

我们十四个人雇了当地三辆越野车，第二天早饭后向墨脱进发。

驾驶我们这辆车的藏族司机叫贡桑朗加，他让我们叫他贡桑即可。这位壮实、机灵、爱笑的藏族小伙儿，为我们的墨脱之旅增加了浓浓的人文情怀。他穿一身黑衣，佩戴一顶黑色的有沿帽，给人的感觉年轻、帅气；符合藏族肤色的圆脸膛上，不大不小的眼睛炯炯有神，下巴上的几根小胡子，配上一说话就笑的嘴巴，让他的神态不缺友善温和。爱笑的人好聊天。贡桑的爱笑，迅速拉近了我们和他的距离。

我坐在副驾驶位子上。车开出不久，主动找话和贡桑聊天。

"贡桑，在不影响你开车的情况下，我有些问题想问你，如果不方便，你就用是或不是回答我，可以吗？"

"呵呵，可以。"他憨笑的样子，鼓舞了我发问的勇气。

"贡桑，你有30多岁吧？你家有两个男孩儿？"

"哎，你怎么都知道？"贡桑有点诧异。我说，猜的呗。简短的谈话，让曾经陌生的彼此一下放松了戒备，气氛轻松起来。

2

从波密到墨脱县城有117公里，只有不到20公里的柏油路，余下均为沙石土路。

一路随着山脉的走势，形成了几十几道弯，路窄又不平，处处有"雪崩严重地段，请谨慎行车""泥石流地段，请谨慎行车"以及飞石、坡陡、路滑地段……的标志牌。从山上融化的雪水，有的如瀑布般倾泻下来，冲过路面，流到沟壑里；有的如溪流般腾跃而下，也在路面形成了一洼一洼的水坑，汽车常常得从水洼中穿过。有的路段又窄又泥，石头凹凸不平地嵌在路面上，让前行的车颠簸不堪。而快到墨脱的一段山路，弯急坡陡，特别难走，如果由没有丰富越野经验的司机开车，估计会望而却步。

整个行程加上沿途游览拍照的时间，抵达墨脱县城需要8-9个小时。司机们虽不是第一次来墨脱，但驾驶时的高度紧张，让我们从他们短暂休息时的疲惫状态可看出来。走这样的路，很辛苦！贡桑说，他的大儿子在学校里，老师问他最喜欢爸爸还是妈妈，他说最喜欢爸爸，因为爸爸开车去墨脱太辛苦。贡桑说这些的时候，表情里有自豪，也有被亲人认可的慰藉。

我们在几小时的行程中，从高寒地带过渡到热带雨林，巨大的海拔落差造就了前面的嘎隆拉山顶白雪皑皑，山岚云绕。而行至山下，芭蕉叶茂、杜鹃盛开。沿途森林密布，奇树种种。据说，境内仅高等植物就有 3000 多种，竹类植物约有 10 多种，野生兰科植物 80 多种。可惜，太多的树木我们叫不来名字，如同旅行中一个个擦肩的旅者，只有匆匆掠目之缘。行进的道路蜿蜒曲折，不宽的路面时而被茂密的植被笼罩，我们如同穿行在绿色的隧道里；时而挂壁山腰，一侧依山，一侧傍水，滔滔的雅鲁藏布江水轰鸣，如万马奔腾，不绝于耳。雅鲁藏布拐弯处，水流汹涌，果果糖双拐处则气势宏伟。江面上有一座座跨江大桥，其中，那最古老的藤条编织的圆形桥，已暂停使用。仅是外观其貌，就震慑心魄，让我们不得不感叹先人的智慧创造。

我们身上御寒的衣服，在海拔的降落中一件件脱掉，最终换上了半袖衫。

3

大约在下午五点多，我们抵达墨脱。司机们很快去休息，为了第二天的返程养精蓄锐。我们则有了时间出来逛逛，好好打量一下这个陌生的边境县城。

墨脱，地处中国西南边境，位于西藏东南部，雅鲁藏布江下游，与印度毗邻。平均海拔 1200 米，最低海拔 115 米，是西藏高原海拔最低、环境最好、雨量最充沛、生态保存最完好的地方。墨脱县属喜马拉雅山东侧的亚热带湿润气候区，分布有热带雨林。境内四季如春，气候优良。

墨脱，藏语的意思是莲花，因四面环山形似莲花而得名，又称莲花圣地。它曾经是中国最后一个不通公路的县城，被称为最后的秘境。2010 年以前，通往墨脱有四条古道，其中三条都要翻越海拔四千多米的垭口，每年只能通行两三个月；而第四条路沿着雅鲁藏布、帕隆藏布的大峡谷前进，道路十分狭窄险要，进出物资全靠人力和骡马背负，遇到雨雪天气则人畜都苦不堪言。直到 2013 年 10 月 31 日，才修通了墨脱公路并正式通车，从此结束了墨脱县城与世隔绝的历史。

墨脱并不大，且还在建设中，道路的修缮、楼房的施工随处可见，因而少不了修建中的凌乱。闷热，暴晒，汽车过后扬起的尘土，让我们躲在宾馆里等太阳落山后才出来逛。而从城这头走到城那头，也就十来分钟时间。

4

第二天，我们在雨声中醒来。

当整装来到越野车前，贡桑已笑吟吟地站在那里，打开后车盖帮我们放行李。

迎着雨，踏着泥泞上路，我心里有几分忐忑。果然，行至跨江大桥前，贡桑让我们下车从桥上走过去。桥正在改造，只能过人而不能行车。我问为什么不一起走另外的路？贡桑说那条路下雨后不好走，很危险。而他们则从要这条危险的路上开过去。事实上，我们过了桥迟迟等不到车开过来，原来，在那条泥泞的路上，几辆大卡车因路滑冲不到坡上，阻碍了整条路上车辆的行驶，一等就是两个小时。

再坐到越野车上，看着贡桑平静的表情，我内心涌起一份感动，想到共赴墨脱的惊险之旅，贡桑给大家留下了难忘的印象：来时，贡桑在平坦路段会放一些藏族歌舞光盘，小视屏上有歌有舞，让漫长沉闷的旅途多了些轻松愉悦。我曾鼓动他唱一个，或者大家轮流唱。贡桑笑过后，真为我们唱了一首藏族歌曲。我们也应和为他唱了几首。一路歌声相伴，倒也不觉路途颠簸难耐。遇上好的景点，贡桑会充当摄影师的角色，选择角度为大家拍摄。有时，他会主动提醒我们，前面的景点可以拍照。我们拍不着的，把手机给他，他就会为大家抢拍。一路上，会看到很多散养的猪，贡桑会告诉主人把猪看好。擦肩而过的车，司机会降下车窗和贡桑用藏语友好简短交流。我们时刻能够感受到这个藏族小伙友好能量的散发。

回来的路上，我不停地打盹，脑袋一会儿一失重，贡桑微笑着看我，让我很不好意思。可控制不住又想睡。走到一处，贡桑停下车，跑到山上摘了很多野山桃，用他的衣服兜着，带回来给大家吃，同时嘱咐我们给另两辆车的人们分一些。野山桃的样子不美，但味道很好。贡桑说，不用洗，纯天然的，好吃。真的好吃！

想到几个小时后返回波密，就要跟这位热情友善的藏族小伙儿告别了，相见不易，转身即是天涯，不由得心里生出别样的滋味。同车的伙伴们心情相同，年龄小的薇薇、浩天更是直言告诉贡桑，他们有多么不舍！回到波密，贡桑开车多绕了县城一圈，似乎理解大家的心意，或者他也有一些不舍吧。却意外遇上了他的前女友，瞬间的隔窗相见，贡桑简短地给我们讲了他俩的故事。对贡桑的了解又多了一层。

下车了。转身之际，我向贡桑伸出了手，却不忍看他的眼，匆匆一握，快快离去。

墨脱，别了！贡桑，再见了！一份美好的记忆永留心底。

梦圆拉萨

所有的出发，都是为了那最神圣的朝见。

那未曾见过却早已雄伟于心的圣地——布达拉，为了拜访它，我不辞万里颠簸之苦，忍受种种不适，一日日寻觅而来。终于，就要实现心愿了。

美丽的日光城——拉萨，神奇，也让我迷路。我们住在江苏东路26号的茶马古道宾馆，离大昭寺并不远。可我从大昭寺出来，与伙伴分开后，就找不到回去的路了。三次出行，三次迷路。每一个路标都好像从未见过。虽然也问人，可还是越走越远。每次最后不得不打车回宾馆。迷路，让我有点紧张，也让我多转了一些地方。这也许是拉萨盛情待我的小小游戏吧!

在拉萨待了两天半，其中一天专等布达拉宫的预约票。

票上规定我们进入布达拉宫的时间是第二天中午 12：40，可以提前两小时进入第一道检票口。第二、第三检票口提前半小时才检票，早排队也没用。从白宫进入红宫，需凭预约票再购正式票。布达拉宫管理很严格。拍照，在正式进入白宫之前还允许，进入之后就禁止了。

我们聘请了一位藏族女导游琼拉，做全程讲解。这是很英明的决定。琼拉讲解得非常好，让我们在游览中了解了很多藏地文化和藏传佛教的来龙去脉。在这宏伟的宫殿里，看着古老而神圣的种种物件，耳边聆听着琼拉详尽的讲解，接受着神秘浩瀚藏文化的浸润，打开视野的同时，也满足了灵魂的好奇。

我和一位队友从 10 点 40 分进去，一直到 2 点 45 分才出来。很庆幸这个时间段的参观，游人徐徐出入，有序而不拥挤，才让我们对每一处看得比较尽兴。

我还庆幸，多亏这位藏族导游琼拉，帮助我圆了参观布达拉宫的梦。不然，我会因为中途丢了票而无法进入布达拉宫内核参观。在拍一张布达拉宫城墙厚度的照片时，夹在胳膊弯的票掉落了，我全然不知。待要进白宫时，才发现票不见了。赶紧告诉导游琼拉，她问了我一下情况，让大家稍等，立即沿来路跑回去寻找，边找边问："你们谁捡到一张票？"她急切的神情仿佛是她的票丢了。没有这张票，我将进不了白宫，只能眼巴巴看着大家进去参观，我留在外面等。这次西藏行，最主要的目的不就是为了来拉萨朝见、瞻仰布达拉宫吗？一路风尘仆仆而来，关键时刻却丢了票。怎么办？我想过重买一张，但售票处有规定，没有预约票不卖给，而我的预约票已经用了。老天，这可如何是好？那一刻，我对自己的粗心后悔不迭。正绝望之际，一位身穿迷彩服的工作人员手里举着票招呼我们过去，正是我的票。失而复得，让我由惊转喜。我想，这个藏族导游琼拉多么负责任，当她知道我丢了票，第一时间奔回去找，比我还跑得快。假如换上一个不凉不热的导游，爱丢不丢，丢了你就甭看，我将是什么情景？也许，老天设置这么一个环节，是为了让我从另一个侧面认识藏族同胞为我们所不知的善良、朴实和厚道吧。

带着对琼拉的感激，听她的介绍也格外用心了。

始建于公元七世纪松赞干布时期的布达拉宫，作为历代达赖喇嘛的住息地和政教合一的中心，是藏族人、也是国人乃至世界人民心中的圣地。红白风格的建筑墙体，古老的寝宫、佛殿、灵塔殿、僧舍等，以及宫内珍藏的大量佛像、壁画、经卷等文物，覆盖着历史尘埃，它们的故事就是一幅恢宏的西藏画卷。每一间殿宇的建造，每一幅壁画的意义，每一尊佛的前世今生，每一座灵塔的功勋彪炳，都承载着历史的沧桑巨变。光阴辗转，我们在时空的纵横坐标上翻阅着前尘往事，那些决定着西藏历史命运的高僧大德、政教领袖，他们的传奇经历，构筑起布达拉宫的雄伟与厚重。

　　我在读完《只为途中与你相见》这本书后，对西藏佛教文化的起源、发展、波折以及历代达赖喇嘛作为政教领袖所经历的故事，又有了一个全新的认识。

　　西藏，这是一个神奇的民族，这里有我们太多的未知。

第五辑　旅美漫记

倒时差

有朋友跟我说，有机会一定要去美国看看。

去年，夫去了一趟，回来也说，应该去转转。恰逢暑期长假到来，成行。

1

2017 年 6 月 20 日，早上七点二十分从家出发，飞往北京，下午两点四十五分，我和夫已在北京国际机场第三航站楼迈过廊桥登机待发。

第一次经历这么长时间的空中飞行——十三个小时又三十五分钟。

硕大的机舱里，乘客人种混杂，肤色各异。机上所有的舷窗拉下了挡板，使舱内光线暗沉。零星打开的几盏射灯，专注地照亮某人面前方寸之地。柔和的光影下，人们或看书或看平板电脑上的什么内容。整个氛围仿若黄昏停电后点了油灯的家。除了一个婴儿时不时传出啼哭声，总体是安静的。

我们是下午登机的，原以为 13.5 小时的旅程会包括晚上时光，但情况是，机舱外一路上都是白天，我几次掀起舷窗的挡板向外看，外面云层起伏，阳光依然。前面座位靠背椅上的卫星小视频，时不时提醒你飞机已飞哪里。7049 英里（相当于一万多公里）的路程，一点点地缩减着数字，还有记录时间的指标也在变化着。卫星图上标识的飞行线路，北京——纽瓦克，不是直线，而是向上环绕的一个帽子型的曲线。万里云层之上，飞机会经过哪些地方，人们似乎都不太关心，只惦记要到达的目的地。

漫长的航程，夫一直在打盹儿。我带了两本散文集，刘亮程的《一片叶子下的生活》和周闻道的《红尘距离》，或看书或沉思，间或走出座位站到机尾一个一米多宽的空间，活动活动身体，舒展舒展筋骨。有时站在那里发呆、想心事：红尘，也包括这万里高空的机舱内，我的一呼一吸怎能脱离它的范畴；想想已开启的赴美之旅，我又何尝不是一片随风起舞的叶子，正在飘向异国他乡……

2

飞机抵达纽瓦克机场后，妹夫驱车来接。一路上听他介绍这里的情况，我一天一夜没合眼，听着听着，眼睛就有些睁不开了。

大约四十分钟后，来到他们的居住地——新泽西州蒙哥玛利镇，已是当地时间傍晚六点多。这时却是我们故乡的清晨六点。

我匆匆打量四周，树林之外，一幢幢没有院墙的单层或双层独栋别墅，以不同的风格矗立在绿茵茵的草坪上。哦，草坪，最惹眼的就是家家房前屋后都有那种如绒毯般修剪整齐的草坪。夕阳的余晖投射在上面，给人油画般的明丽之美。小姑他们居住的这个地方叫 PikeRun，取美丽的草坪之意。

小姑来美已有二十年，读完博士就在这里工作了。后来妹夫也到美国考取了博士，跟她一起打拼生活。现在，他们有了自己的房子，生有三个女儿，早已是这里的主人。

　　可于我，分明闯入了一个陌生的领地，一份新奇感里掺杂了未知的茫然和拘谨。

　　小姑的家是全木质双层别墅，二层有多间卧室，配有两个大卫生间；一层主要是书房、琴房、厨房和客厅，配有卫生间和洗衣房。从边门能直通容纳两辆车的车库。地下室是我后来进去的，和上面各室装修一致，里面安置了自动乒乓球桌，有书柜、沙发，有闲置不用的双人床，也是其他物件的收纳所。之后的一段日子，我想码字的时候，就躲到地下室的沙发上一坐几小时。这里的凉爽静寂能让我沉下心思。

　　小姑家里最吸引我的，是她的三个宝贝女儿，15岁的爱米丽、13岁的雅歌、快过2岁生日的雅馨。尤其是雅馨，她的一举一动、一颦一笑总牵着我的视线。这可能和我的幼教职业习惯有关——关注孩子，观察他们的表现，捕捉相应的信息。

　　晚饭后，大家出去散步，浓浓的暮色中，我没有方向感。因有他们领路，倒也不用担心迷失。入夏之际，憧憧树影下，闪闪发光的萤火虫引起了我们的欢呼。我清晰地看到了萤火虫的晃动曲线。该有多久没看到萤火虫了？小时候的乡村有，长大进城后好像再没见过。大外甥女爱米丽跃进草坪，伸手一捉，居然捉到了。

　　初来的日子，我念念不忘时间，既看美国当下的时间，也计算着国内自己的城市现在该是几点了，每日的这个时段我正忙什么，尤其是黄昏与清晨的概念在我脑海里不停置换，掺杂了身份的认同——我是故乡清晨的主人，却是他乡黄昏的客人。我的思维来回跳跃，感觉就有点乱了——晕。夫说，你必须忘记原来的时间，才能倒过时差。哦，原来忘记是为了更好地适应。可我又怎能忘记融进血液里的生活习惯？

吉祥麋鹿

1

新泽西州蒙哥玛利镇 PikeRun。

清晨，挤进窗帘的第一束阳光，撩醒了我。

睁开惺忪的睡眼，第一反应，我这是在美国小姑的家里。昨日来的时候已是黄昏，放下行李寒暄未了，暮色已渐浓。饭后的散步，行走在深邃的夜空下，还未来得及看清周围的模样。

今晨，窗外是个什么样的世界？好奇心下，我走到窗前，轻轻撩开窗帘一角，一幅洁净明丽的画面进入视线：好蓝的天！莫不是在西藏？阳光，穿过窗前的树投射过来，金灿灿的。房前的草坪上栽着两株皂角树，一远一近。碧绿的叶片上没有尘土，反挂了一层薄薄的金色。空气清新如洗。

我迅速穿好衣服，走出房门。

寂静的街道两侧，一幢幢房舍沐浴在晨晖里，家家房前房后都是依坡而植的草坪，房前有树，门前有花。一辆清洁车正好从马路上经过，很麻利地用机械手臂把各家摆在路边的一大桶垃圾举起，倒入自己的大箱里。一会儿，邮递车也来了，将报刊类邮件投进各家竖在草坪前的独脚邮筒里。小姑家黑色的邮筒上画着卡通图案，很像小鸟的窝。

　　在这里，听不到喧哗声，马路上偶尔有一只狗不急不缓地穿过。倒是鸟儿的鸣叫婉转悠扬。我在附近走了走，已被它的清新幽静迷醉了。夫走得远了些，拍回了小镇另一处的碧水微湖，还有网球场旁边游泳池的一景。勾起了我择日一定要去看看的欲望。

　　一个陌生而新奇的日子开始了。

2

　　上午在厨房里忙活，厨房后门的纱窗朝向房后的草坪。不经意间望向窗外，发现草坪上有了"新客"，野兔，还有不知名的鸟儿。一会儿，竟然出现了两只麋鹿。我和夫互相提醒"快看！"惊艳的何止是视线？心儿欢喜得"咚咚"跳着，我匆匆举起手机，抢拍了麋鹿回头望向我们的一瞬。

　　这些初遇的惊奇，在小姑们却是司空见惯。

　　之后的日子，麋鹿多次出现在我们的视线里。小姑开车带我们去小镇超市的路上，道路两边的田野里，奔跳的麋鹿时时闪过车窗。听妹夫讲，三女儿雅馨出生的时候，他开车送临盆的妻子夜里赶往医院，那天很奇怪，在车灯的光照下，道路两边的田野里出现了很多麋鹿。妹夫引以为豪的描述，让我讶然，隐隐中，仿若看到一股神秘的力量，一个新生命的降临，天意护佑，吉星加持，大地神灵欢庆，一派祥和预兆。麋鹿便是那祥和的使者。

麋鹿，何许动物也？它到底承载着人们怎样的期盼？

打开度娘，一段悠长的历史、一组精准的数字，让我们看到了麋鹿的祖先如何从东亚走来，在我国经历了怎样的从有到无，又从无到有的演变。

麋鹿是世界珍稀动物，曾经广布于东亚地区。后来由于自然气候变化和人为因素，在汉朝末年就近乎绝种。元朝时，为了以供游猎，残余的麋鹿被捕捉，运到皇家猎苑内饲养。据说，到19世纪时，只剩在北京南海子皇家猎苑内一群。《孟子》中记述，"孟子见梁惠王，王立于沼上，顾鸿雁麋鹿曰：'贤者亦乐此乎'"，这证明至少在周朝，我国皇家的园囿中已有了驯养的麋鹿。

八国联军侵略中国，大量捕捉麋鹿，使其在中国消失了一段时间。直到1898年，英国的麋鹿繁殖到255头。在1983年，他们将部分个体送回中国。之后有更多的麋鹿回归家乡，并有部分被放生野外。截至2011年8月，江苏盐城大丰湿地麋鹿总数达1789头；2013年6月，湖北石首市天鹅洲麋鹿保护区麋鹿总数达1016头。

麋鹿，在人们的文化意识里，是神奇、吉祥之物，传承着一种文化信念：自由、和谐。因它头脸像马、角像鹿、蹄像牛、尾像驴，又名四不像。在我国古代，它不仅是先民狩猎的对象，也是崇拜的图腾和仪式中的重要祭品，还是生命力旺盛的标志和升官发财的象征。《封神演义》中姜子牙的坐骑是四不像，元始天尊所赐。国外的圣诞节，圣诞老人的雪橇坐骑也是四不像。都带有神秘和福禄的意思。在一些大的古宅院落，我们不难发现照壁上、窗户上、胆瓶上，甚至房屋雕梁画栋都有麋鹿的图案，它们表达着主人期盼安宁、兴旺和吉祥美好的愿望。我国古代一些文人墨客，更是推崇麋鹿文化，多以麋鹿自由天性设比，苏东坡有诗曰"我坐华堂上，不改麋鹿姿""聊为山水行，遂此麋鹿性""我本麋鹿性，谅非伏辕姿"。白居易有诗云"孟夏百物滋，动植一时好。麋鹿乐深林，虫蛇喜丰草""龙蛇隐大泽，麋鹿游丰草。栖凤安于梧，潜鱼乐于藻"。

21世纪的今天，麋鹿受尊重而被保护，它们的行动是自由的。这是人类保护大自然环境、拥有生态文明意识的进步体现。如果说在黄石公园里看到了麋鹿，不足为奇，因为那是野外，那是公园。而在人们居住的小区，时有麋鹿入院来，从人类可以造访动物的家园，到今天动物也可以光顾人类的居所，这难道不是一种大自然与人类的琴瑟和谐吗？！

规则面前

1

　　午饭时分，我们正在厨房忙着，忽然传来"嘭嘭嘭"的敲门声。外甥女雅歌去开门。我先以为是邻人来访，但很快被有力的敲门声和窗户外闪现的两个高大的黑影吓了一跳，不会是坏人吧？我和夫一起往门口走，心想，有我们在，总不至于白天抢劫吧？细看，才发现两个男人穿的是黑色警服，应该是联邦警察。我心里先放松下来，警察不会干坏事的。可旋即又惊诧起来，警察来干什么？哇啦哇啦的，发生什么事了？听雅歌断断续续地翻译，明白了：原来，上午一辆邮政车过来送邮件，夫正在拾掇草坪，顺手拿起手机对着他们拍了照。坐在车里送邮件的女士发现有人对她拍照，报了警。我想起上午，夫喊我看美国的邮政车，我只是撩起窗帘朝外面瞧了瞧，没有出去，没想到夫拍了照。夫坦然说明自己的本意，仅是好奇而已。联邦警察表示没什么，但要做个记录，让我们把护照拿给他们看，其中一位在本上例行公事做了登记，然后就走了。

这件事让我明白了，在美国不能随意对着人拍照，没有经过本人同意，硬要拍的话，本人若报警，你就等着警察的造访吧，而且时效很快。像今天这件事惹的麻烦，真是出乎我们的意料。

记得小姑说过，孩子在幼儿园参加了活动，老师会拍照发给家长。是自家孩子的照片可以下载，但照片上一旦涉及自家孩子外的其他任何一个人，照片就下载不了。而拍出的活动照片要不要发布，老师会征求相关家长的意见，同意或不同意，都要在一份资料上签字。美国人很看重自己的肖像权，对肖像权的保护，动不动就会拿犯法来唬人。

2

来美国，无论是在旅行途中，还是在一些公共场所，都给人一种很安静的感觉。很少听到人们大声喧哗。即使是旅游景点，也很安静有序。在去黄石公园的提示"十个造访美国国家公园的注意事项"里，第一条就提道："在您享受大自然的宁静，惊叹于大自然的美好时，也请您注意自己说话的音量。因为野生动物们非常容易受到惊吓。为了您和其他游客的安全着想，请尽量保持安静。"

餐馆里，无论多少人在吃饭，听不到喧哗，除了一些来自婴儿的哭声。

还有，无论在银行、邮电局，还是在商场，甚或洗手间，大家自觉排队，距离前一位保持足够的距离。决不会出现插队、拥挤、争抢的行为。一米黄线，没有人会随意僭越。

以前听人说过，在崇尚个人自由的美国，人们反而比较遵守规则，或者说大多数美国人都十分守规矩，违规的几率较少。这是为什么？来美国的一个多月时间里，渐渐明白了违规的代价以及规则背后"治人"的威慑力。他们的法律法规多如牛毛，一旦违规，违规者将面对漫长的法律程序，而这个"程序"，绝对超出你对事件本身原有的心理承受能力。用句俗话一言以蔽之，就是烦死你。所以，为了避免惹麻烦，还是不违规为妙。有了这样的观念，大家平时自然而然地就谨慎起来，违规的几率就小了。

美国的环境整洁，也是得力于法律的威慑。听妹夫讲，乱丢垃圾在美国是一种犯罪行为。在美国所有的州都有禁止乱扔垃圾的法律，将废弃物品扔到或留在地面而没有按规定放进垃圾箱、回收箱或垃圾站的行为，属三级轻罪。根据各州法律和城市条例的不同，惩罚可以是从300到1000美元不等的罚款、入狱或社区服务（最长一年），也可以上述两种或三种并罚。美国还有一些民间机构专门致力于抵制乱扔垃圾的运动。各州政府也有自己幽默别致的宣传口号，比如德克萨斯州的 Don't Mess with Texas（双关语，既有不要弄脏德克萨斯州的意思，也有不信你试试看的味道），我们开车经过这些州的高速公路时，会在路边高耸的大型宣传板上看到。

3

关于美国的食品安全，我听过这样一个故事：

一位旅美华人，七月初的一天，在当地的会员制商店 Costco 买过一箱五磅的白桃，因为好吃，没几天她们家就给全部吃完了。七月中的一天，这位华人接到 Costco 商店的电话，问吃过白桃没有？吃后有何不良反应？并告知这批白桃的包装公司在实验室随机抽样检测中发现了微量的李斯特菌（Listeria Monocytogenes），目前尚不能确定是桃子本身还是样品放置期间被污染了，让她们加倍小心。

这位华人赶紧在电话里说桃子都吃完了，大家都没事，谢谢关心之类的。本以为这件事情就这样过去了，哪知到了七月下旬，这位华人收到了这批桃子包装公司的一封信，信的大意如下：

作为 Costco 电话的跟进，本包装公司（WAWONA Packing）决定自动召回 2014 年 6 月 15 日到 7 月 19 日期间销售的黄桃、白桃和油桃，因为这些产品有污染上李斯特菌（Listeria Monocytogenes）的可能。需要强调的是，目前尚未因此导致任何发病，也不影响目前正在 Costco 出售的食品。

销售记录显示，您可能购买过五磅一箱的桃子或油桃，箱子上有 CA6910 标识。如果你的桃子确有上述标志并是在 6 月 15 日到 7 月 19 日期间购买的，请扔掉剩下的桃子，携收据到当地 Costco 领退款；如果你是在 7 月 19 日以后购买的，你购买的桃子将没有任何污染的危险。

本包装公司这次的召回旨在保证食品安全，让公众能对我们的产品有信心。对给你造成的可能不便我们表示非常抱歉，如果你已经吃了桃子并因此对健康担心，请马上看医生。若对本召回有问题的话，请电话或通过网站联络本公司。

这就是美国有效预防食品安全事件发生的食品召回制度。以企业的主动召回为主。我曾有个疑问，如果企业隐瞒不报或不去执行召回制度会怎么样？答案是，美国的法律就要出面了，联邦政府设有明确的食品召回监管机构，它们分别是美国卫生部下属的美国食品药品监督管理局（FDA）和美国农业部下属的食品安全与检验局（FSIS），当食品生产者不及时主动召回不安全食品时，上述监管部门可以对其采取法律行动，包括警告、曝光、强制性禁令、扣押或查封产品、刑事起诉等，而且这些制裁互不排斥，可同时进行。有了这样的威慑，主动召回只能是食品企业在处理食品安全问题时唯一的选择了。

搭伴儿

我的搭伴儿如黎明前隐去的星星，次第消影无踪。

美东旅行，29 人的旅行团，一日日减少着队员。身在异乡，语言沟通的困难，加上容易迷路，我不得不求搭伴。第一个搭伴，来自芝加哥的河南刘女士，网名叫天空的云，同行了两天，刚刚熟络了一点，第三天她就离团独赴纽约了。

第二个，访美学者小卢，和她的先生、儿子一起陪我度过两天。很多时候，小卢身兼翻译。然而，最后一站——纽约，小卢一家也要提前撤退了。

失去搭伴的恐慌，加重了我的迷路感。恰在这时，他出现了。这位前一天被旅游公司从其他线路上合并过来的男士，早上，在酒店，他见我拖着行李过来，站起来让位，我瞟了他一眼，个子不高，精瘦，脸上有不少雀斑。

上车后，通过目光征询，我们很快达成同行做伴的协议。纽约街头，我和他并肩走着，前往著名的世贸大楼。多亏有他引路，否则我能找到入口，参观完却未必能很快找到出口。偌大的空间里，我迷路。

中午，商量去哪里就餐，他的手机锁定"成都印象"。我随他走了一截，觉得好远，中途变卦——不去了。他倒随和，由我。后来就近找了一家自助餐店吃了点东西。说实话，对他，我既有亲切感、依赖感，又有不踏实感。亲切，因为都是中国人，在异国他乡相遇，如见老乡；依赖，有个伴好商量，他的方位感很强，找什么地方很快就找到了。而我内心的不踏实感，源于短暂的相逢，彼此不甚了解，陌生感是难以跨越的距离。

下午去纽约大都会博物馆，还在车上，他就查看博物馆导游地图，形成游览攻略——埃及，希腊，欧洲中世纪……一个小时二十分钟的参观，我们有计划地看了不少展馆。他走得很快，我常常要一路小跑才能追上他。当然，追不上时，他会返回来找我。找我的那一瞬，令我信任陡增。

后来得知，他是一名外科医生，沈阳人。来美国开完会后自费报团旅游。

一天短暂的相处，默契而友好，他的温文尔雅给我留下了难忘的印象。分别在即，我竟有些不舍，真希望再和他搭伴一段路。但不可能了，美东之行即将结束，我把这份不舍藏在了心里，代之以平和的目光相送。

黄昏的法拉盛，他下车了。我无言地望着他离去的背影，如同望着黎明前又一颗隐去的星星……

不经意间，遇见爱因斯坦故居

从新泽西州往宾夕法尼亚州"长木花园"行驶的途中，路过一条离普林斯顿校区不远的街道，英文名字 Mercer St. 妹夫指着马路边的一所白色住宅，告诉我们，它是爱因斯坦的故居。闻声，我迅疾地望过去，脑海里一时雾团弥漫：是真的吗？既然是爱因斯坦的故居，怎么和普通的住宅没有什么不同？周边既没有大张旗鼓的宣传语，房屋院落也没有显眼的标牌。想想国内很多名人故居，那可是人来人往，导游带着一个又一个的旅游团，尽其所责讲解着，甚或，还可以步入里面，目睹一下名人的书房、卧室、生活用具。而这里恰恰相反，安静如常，旁边公路上行驶的车辆来去匆匆，毫无为此停下瞻仰的意向。

我质疑妹夫："你怎么知道这是爱因斯坦的故居？"妹夫说他读过爱因斯坦的传记，书中写的爱因斯坦居住地的位置就是这里——Mercer St.112。同时，他也表示疑惑，说自己一直搞不明白，这样一位伟大人士的故居，美国政府为什么不收回，为什么不建成一个象样的景点，供世人参观、敬仰，而是信由普通人居住着。

103

因为急着往宾州赶，决定返回的途中，一定要近前去瞻仰一番。

疑惑，悬浮在我们的谈话间。

结束了"长木花园"的游览，返程中，妹夫还记得这事，路过这里停下车让我们去看。我和外甥女雅歌穿过马路来到院落前，极力向里张望，房门关闭，窗帘下垂。外甥女指着小铁门上一行烫金的英文字母"PRIVATE RESIDENCE"告诉我，私人住宅。

实在看不见什么，便返回车里。此时，坐在前排的夫，打开手机浏览器，居然搜到了南方周末里于坚写的一篇文章"爱因斯坦之故居"。文中披露了爱因斯坦曾立过遗嘱："我死后，除护送遗体去火葬场的少数几位最亲近的朋友，一概不要打扰。不要墓地，不要立碑，不要举行宗教仪式，也不要举行任何官方仪式。骨灰撒在空中，与人类和宇宙融为一体。切不可把我居住的绸商街112号变成后人朝圣的纪念馆。我在高等研究院里的办公室，要让给别人用。除了我的科学理想和社会理想之外，我的一切，都将随我死去。"

读了这段文字，疑惑似乎得到了解答，却也未能完全排除心中的遗憾：爱因斯坦毕竟是一代伟人，他所做出的成就，光照世界，毗益后人。他提出的光子假设，成功解释了光电效应，并因此获得1921年诺贝尔物理学奖。他创立的狭义相对论和广义相对论，至今对各个领域都起着重要的影响作用。还有，他为核能开发奠定了理论基础，开创了现代科学技术新纪元。被公认为是继伽利略、牛顿以来最伟大的物理学家。1999年12月26日，爱因斯坦被美国《时代周刊》评为"世纪伟人"。这样的一代伟人，他的思想、成就已不仅仅属于某一个国度，他是世界的。他曾经生活的经历、物证，是一份精彩人生的回眸。作为一种象征意义的存在，更是启迪鼓舞后人的精神向标。睹物思人，念其思想之精进、成就之宏伟，确实会激励心灵。若能保存好这样的故居，对后人也是一笔不薄的财富呀！

只是现在，名居变凡屋。不知道，住宅里的主人是在什么情况下，花了多少钱买下了这套房，在此之前，有无其他人转手？他们在爱因斯坦过世后的几十年光阴里，对房里的墙壁、摆设、物件是否也做了一些改变？不知道，他们住在这样的房里随时被远方慕名而来的陌生人打扰，会是什么感受？

爱因斯坦于1932年来到这里。当年，他曾在普林斯顿大学从事研究、教书。于1955年去世。享年七十六岁。他人生的最后二十余年在这里度过。

活着，成就斐然；去时，无声无息……

遇见黄石

黄石，不期然中，来了。

说来汗颜，6月30日刚刚结束美东之行，7月1日又随小姑一家出行美西。仓促间，我未来得及探问具体行程，更没有提前做任何功课，直到坐上旅游公司的巴士，问起今天到哪里，才知要去的是黄石。黄石何许之地？曾有耳闻，却不明细里。

懵懂中闯入，初见的素然，渐次升起的震撼，我已深知，这是一次不寻常的"艳遇"。

1

我们从新泽西州纽瓦克机场乘六小时的飞机到达犹他州盐湖城，逗留一天。然后，报了旅行团从盐湖城出发，途径爱荷达州、蒙大拿州，最后来到怀俄明州，落脚在西黄石小镇。听导游说，黄石公园每年4月中旬开放至10月。开放的这段时间，西黄石小镇的店铺、餐馆、图书馆、博物馆、娱乐场所等会开业。等开放时间一过，这里的人们就停业休息了。

黄石公园有五个入口。载我们的巴士从西门驶入。

当导游告知车已进入黄石公园，我为没有看到什么标志性的建筑如园门、围墙而疑惑，这就到公园了？印象中公园总是有围墙的，不管什么样的墙，砖的、石的、铁的、木的、竹的……一界之下，园里园外，才有进入之说啊。可是，黄石公园没有围墙，给我的感觉，是一望无际的山野林地。巴士行进在一条不宽的柏油路上，蜿蜒前行。两侧，以松树为主的林带绵延呈现。右侧山谷里，一条湍急的河流与我们相向而行，河水呈现出深蓝的色泽。导游说，这是麦迪逊河，河水来源于雪域高原的雪水，水温彻骨冰凉。

初看这些树木，真觉得没有什么特别的地方，千篇一律的形状，没有层次的绿色，还有树林里随处横七竖八倒在地上的朽木，就像不善于整理家的妇人居住的屋子，东西乱丢而缺乏齐整。越往里走，这种感觉越明显。不像我们国内的公园，树都修剪得整齐漂亮，树下周边也会清理干净。而这里，全然没有人工修为的痕迹，好像既不刻意栽种，也不人为清理，更不见凉亭或雕塑之类的辅物。树林中，时不时闪现一棵、几棵甚或一片死去的树木。这些没有了绿叶遮体的树，树皮脱光了，露出银灰色的骸骨样的枝丫，与蓊郁的树群并立。远看这样的场景，确像生与死的并肩，阴与阳的共融。

为什么不把这些死掉的或倒了的树清理了呢？我疑问着，相信来这里的人们都这样疑问过。禁不住内心有点失落，这样的公园，怎能与我们中国的九寨沟比啊？

导游是一位中年女士，台北人，来美 38 年了，英文名叫戴安娜。她是举家移居美国的。先在律师事务所工作，后来喜欢做导游便干上了这一行。一年里干半年歇半年。她说自己没有孩子，老公是香港人，刚去世不久。一路上，她逢景即讲，英语、汉语讲两遍。她似乎看透了大家的心思，讲到树木死亡的原因，有被雷电击死的，还因一场大火：1988年，公园遭遇了百余年来未曾有过的最干旱的一年。异常的高温点燃了森林中的易燃物，而风将火势迅速蔓延到了整个公园。到夏天快要结束时，已有将近32万公顷，约36%的公园土地被烧毁。大量的消防队员派至这里试图控制火情，但直到九月初的一场早雪才最终将大火扑灭。

这样的一场天灾，对于黄石公园来说，无疑是一场无预谋的劫难，若能火后存留实属侥幸。然而，事物发展总有两面性。大火过后的一个奇异发现是，许多被烧毁的地方，土壤肥沃程度比火灾之前要高出30%左右。"球果无延迟开裂效应"，同样也是一个非常有趣的现象。黄石公园森林覆盖率85%。绝大部分树木是看起来很普通的扭叶松。可就是这普通的扭叶松，当山火肆虐，死亡逼近，它们就像那些大难中舍身护子的母亲，会用坚固而紧闭的松果将种子储藏起来，保存3-9年没有问题。虽然自身被火烧焦，但一旦浓烟散尽，松果就会崩裂开来，将储藏其中的种子播撒在更广阔的地面上，从灰烬中萌生出充满生机的新一代。死亡和转世再生，使它们无惧山火侵扰，而学会了借火助推，不断扩大领地。至今，几乎整个公园都变成了它们的王国。这不应验了中国那句"野火烧不尽，春风吹又生"吗？！

而让我们更吃惊的，公园管理处没有砍掉或者清理倒下的大树，缘于一个决策：让大自然按照自己的法则发挥作用，让那些树木的腐烂物天然分解，为土壤提供养分。同时，还大自然以纯粹的自然之貌。

2

越往里走，心跳越加速。想不到，这座抱朴守拙的公园，占地面积

898317公顷，跨越美西三个州，里面藏着惊艳奇绝的景观。

快看，麋鹿！顺着人们的惊呼，在河流旁、林隙间，一只又一只麋鹿出现在大家的视野里。还有，在山谷里或草地上，随时可以看到成群或独处的北美野牛。导游说，这里是全世界陆地上最大的、种类最繁多的哺乳动物栖息地。各种各样的野生动物是黄石公园内的一大亮点。尤其还有3种濒临绝迹的动物：灰熊、加拿大猞猁和灰狼。在潮湿的地带，运气好的话，可以观赏到多种鸟类，包括加拿大野鹅，还有传说中的大蓝鹭。为了求证导游的说法，大家都睁大眼睛寻找。而沿途不时闪过的麋鹿、野牛，兴奋了人们的情绪。那种与野生动物近距离观望的刺激，让人容易想到，自己已走进大自然深处。

而这些，都不算什么。

当你步入地热区，眼前看到一个一个的地下沸泉，如煮沸的泥锅，或呼呼喷着热气，或汩汩煮蓝一池沸水，有的还发出龙啸般沉闷的吼声，那种地表下"蠢蠢欲动"的火山情绪，着实会吓你一跳。过去，我们只是在电视里看过火山喷发，看到过那喷涌而出的滚烫的岩浆四处流溢，所到之处生灵涂炭，山河变色。人命已如蚁命般不足一提。而我们现在就行走在一个巨大的活火山口上。这个活火山口就在黄石公园内，在我们的脚下，绵延数十公里。有谁知道，黄石公园地下的火山蕴藏着足以摧毁世界的能量，一旦爆发，仅喷发出的岩浆就足以埋没大半个美国。而火山喷发形成的火山灰等物质会笼罩全球，地球上的植物会因此受到酸雨等物质的侵害消失殆尽，人类在这种情况下将在一片阴暗中走向毁灭。地球也在和人类玩株连九族的游戏啊！人类共同的命运已被紧紧维系在一起。

无论上一次火山喷发在专家们的考证下，是几百万年前，还是几千或几亿万年前，也无论新的预测点——会在近多少年内再次发生，时间的长河里，长或短，安或虑，成了人们衡量危险的标尺。万年，不短；

数十年抑或数百年，却是不远的将来。久远带来的安稳和不久带来的焦虑，同样让人心里惶惶然。

坦言说，这是一座惊险与诗意都充沛无比的公园。

缓缓呈现在眼前的景致，一扫视觉萎靡，一摊一摊大大小小的泉眼，雾气弥漫。那是什么？围栏内，蓝茵茵的一池沸水，白雾袅娜，该不会是骊山脚下华清宫里贵妃池的再现？那又是什么？步道下满地橙黄锈色铺排，还有薄水流动的褐色梯田？啊呀，那前方，是被上帝打翻的调色盘吗？黄、橙、褐、绿、蓝色汇成一个硕大的湖面，折射着七彩的光芒，十分壮美！这该是传说中的大棱镜了。天地造化，撼人心魄，确实是大自然馈赠给人类的天然宝贝。

公园内大大小小数不清的沸泉、间歇泉、泥火山区一幕幕滑进视野。雅名"牵牛花"的沸泉，形似牵牛，水底洞穴纹路清晰，绿黄橙褐色彩斑斓。

老忠实喷泉。世界上最富名气的间歇泉。平均每90分钟会持续向空中喷出高达55米、温度达到96摄氏度的水柱。有那么多的游客在这里等候，我们也凑了来期待一睹风采。

泥火山区，为了观看叫做"龙口"的喷泉，我们不惜闻着由硫化氢气体产生的臭鸡蛋味，一步步沿着步道前行。意外地，一头野牛挡住了去路。它一动不动呆望着前方，像失恋了般情绪抑郁。它该不会被导游说中，是被强壮的"情敌"赶出部落的孤独者吧？大家保持距离耐心等待着，直到它从失神中醒来，缓步慢移到草地上吃草，我们才继续行进。而前面，被叫作"龙口"的喷泉，洞穴式结构，向外雾气腾腾地喷着热浪，泉水汩汩作响，时而发出犹如中国传说中的神龙一般的咆哮声。

而最让我讶然的，是这个与美国大提顿国家公园毗邻，集雪山、森林、峡谷、地热现象等景观为一体的黄石公园，还拥有一条面积达35400公顷，绵延177公里，水源来自高山雪融的黄石湖。行走湖畔，一边是地热沸泉，一边是雪水之河。在这里，可以看到地表和起伏动荡的地下两个世界不同的景象。沿着"自我导向型游道"，放眼望去，一面是葱茏的树林，清澈的河流，草地上鲜花摇曳生姿；一面是白茫茫的潜伏着无数个热泉的岩浆地表。在黄石湖浅滩，更是热泉与雪水共生。汩汩流淌的热泉，一条细流淌入湖里。浅岸处，清澈见底的湖水下，也时有泉眼喷动。

每一段路有每一段路的华章。

3

想起刚进黄石公园时我的不以为然，甚至抱着"走着瞧"的念头，若好，则多看看，若是一般的话，就坐在车上歇歇。因了这一念，让我差点错过一场奇特的视觉盛宴。当行至大棱镜景点，车上一位老哥明确表示放弃下车观看，我竟受了感染，也生了怠惰之心。但，终是不想辜负出行机会，还是随大家走过跨河的木桥，沿着步道而上。而这一上，黄石如揭开面纱的新娘，奇特俊美的模样、魅惑无限的风姿，早已让那片刻滋生的惰念荡然无存。

天地心缘，仅在一念间。这多像黄石公园被发现的经历。岁月的长河追溯到12000年前，在密苏里河的支流黄石河一带，一支印第安部落的肖肖尼人活跃在这里，和被称为"以捕羊为生的人"的本地居民，独享着这里的风光，他们与世隔绝。直到十八世纪末，一些白人不知在什么情况下灵感顿发，竟然闯入这里和印第安人进行皮毛贸易，这里才向外界小小地开了一扇天窗。

光阴折回到二百多年前，美国杰弗逊总统派远征军进行西部探索，以帮助美国获取对西部地理的广泛认识以及主要山脉河流形式地图。可惜的是，远征军绕开了黄石地区。虽然，远征军中的一位约翰·柯尔特退出远征军后，加入了当地一个捕猎队，在他的旅行中，有了一个小小的关于黄石河区域的塔尔瀑布至少有一个地热区的发现，但直到十九世纪七十年代初，新的地质勘查队进入黄石河区域进行科学的全面探索，才带回了关于该地区热源景观特征不可辩驳的证据，才避免了之后黄石地区被私人占用、拍卖或商业化，才有了1872年的《设立黄石国家公园法案》，有了世界上第一个国家公园的诞生。一念间，或错过，或相逢，影响的是认识世界的进程。

4

不要以为无边旷野有树木遮体就可随处解手，或乱丢垃圾。

每到一处景点，导游会很幽默地说：大家排队如厕，欢迎排"橘子汁儿"，尽量不排"面包"啊！乍一听，有点不明白。等你去过了，想一想，就懂了。几间男女通用的简易厕所，设在景点附近，一波一波的游人来了，先来这里排队，解决自身所急。厕所蹲位很高，极不适宜蹲坐，下面用箱子接着，意味着泄物会被拉走，而不是就地排放到河里。里面没有洗手水，只有消毒液。这些，都是缘于一种保护，保护这里的河流和环境不受污染。

行走公园里，很难看到各种销售摊点，除了必要的客栈旅馆，少有商业行为。

公园要求游人行走步道，不得擅自走进有泉眼的草地上。这种由热水和薄陈地面的结合体，对于人类有足以致命的危险。在造访美国国家公园的注意事项中明确提到："国家公园是一个特别的地方，她保持着大自然最天然的样貌，这也意味着这里存在着一些不可预测的危险。请永远对那些您未知的，保持敬畏之心。当您作为一个客人来到这里，您需要确保注意自己的行为，并且善于观察周围的环境，提醒自己不要成为一个不受欢迎的游客。毕竟大自然的美丽，需要来自我们每一个人的保护，从而避免她脆弱的生态系统遭到破坏。"

意识的觉醒，才会带来前卫的保护。还在 1886 年，黄石国家公园的监督和管理权就被移交给了美国陆军，军方管理的主要目标就是完整地保护园中的生物群以及独特的热源景观，阻止狩猎者偷猎动物，砍伐者盗伐树木。

在现代文明快速发展、自然界被人类逐步异化的时代，身为一个民族，他们已决意要在"进步"的摧残下，保护一小部分珍贵的荒地，为熊、蝴蝶、野生花朵与古老的森林留下生长空间。正是这样的国家公园精神，才让我们在黄石有了初见时的素然，渐次升起的震撼。

行走黄石，于我，何尝不是一场旷世的"艳遇"。

旧金山，嵌进记忆的一张名片

在美西旅程中，当我得知最后一站——旧金山，心情竟莫名地雀跃起来，比去其他任何地方更让我期待，全然忘却了多日在外奔波之劳。

1

从洛杉矶往旧金山的沿途，视野一反美国西部空旷荒凉的景象，代之以出现的是一片又一片种着土豆的农田。灵活转动的喷灌下，土豆苗开着白色的花，和天空中的云朵呼应着，头上天蓝云白，地上绿海堆雪。远近山峦俊朗浑圆，显现出万物的层次。车窗外不时闪现的景色，让人不忍打盹儿错过。车内播放着一部电影，唤醒了另一种记忆。多年前看过的《勇闯夺命岛》，就是以旧金山作背景的。影片中的恶魔岛，就在这里。也许，导游想激起我们参观的欲望，途中放开了这部电影。而唤醒记忆的，除了片中那个被称为"熟透了的性感老男人梅森"精湛的演技，还有漫长岁月中长在心里的"一棵树"的念想。

114

旧金山，学生时代就从文学作品或影视剧里知道的地名，像一颗种子种在心里，漫长的岁月里靠想象和向往浇灌，已长成"一棵树"，树冠壮硕。终于等到现在，可以亲眼看见它蓬勃的姿态，领略它繁荣的景象了。而牵动情感的另一个因素，是这里的华人多，旧金山融进了太多华人的奋斗史。这个 19 世纪中叶在淘金热中迅速发展起来的城市，曾经聚集了很多离乡背井的华人，他们为生计所迫，或在此营生，或移居这里，把其称为"金山"，后为区别于澳大利亚的墨尔本，改称"旧金山"。一个"旧"字，怎说得尽其发展的厚重？这里的每一条道路，每一条铁路，都有华人的血汗在里面。一代代华人为旧金山的建设做出了不可磨灭的贡献。看现在，85 万人的城市，就有 18 万华人，是西半球华人人口密度最高的地区之一，华人总数量仅次于纽约。也许因为超过四分之一的华人居住在这里，提到它，心里升起一股温热，有一种陌生与亲切交织的感觉，缥缥缈缈总有一股家乡的味道。

2

旧金山的旅程，两天时间。真的太短了，短到来不及细细看、慢慢品，就该告别了。

第一天，上午主要参观了世界著名的金门大桥，体验了雾锁金门的壮观。短暂的停留，匆匆走上那钢铁斜拉的 1.7 华里的桥面，终是未能抵达对岸便折了回来。下午去旧金山的十七里湾。据说这里是美国富人们度假的地方。一边是太平洋海岸线，一边是藏在古树丛中的漂亮房舍，还有随处可见的打高尔夫球的场地……导游说，我国绘画大师张大千先生的家人在这里住过。一提到故人，又多了几分亲近。

第二天，主要在旧金山湾区。

这座被誉为"最受美国人欢迎的城市"，确实有其得天独厚之处：受自然所赐，旧金山独特的地理位置，三面环洋，地势起伏，气候宜人。周围临近美国国家公园（如约塞米蒂国家公园）和加州葡萄酒产地纳帕谷。还临近世界著名高新技术产业区硅谷，是世界最重要的高新技术研发基地和美国西部最重要的金融中心，也是联合国的诞生地（1945年《联合国宪章》）。作为世界最重要的科教文化中心之一，拥有世界著名高等学府包括公立型的加州大学伯克利分校和私立型的斯坦福大学，以及世界顶级医学中心加州大学旧金山分校。从这里走出了很多厉害人物，诺贝尔奖得主逾百位、菲尔兹奖得主20位和图灵奖得主43位，更有从旧金山湾区走出的奥运会冠军超过200位。可以说，这里高科技人才云集，世界名人辈出。

来到这里，记忆里便嵌进了一张不同凡响的名片。

3

来旧金山，一定要坐一次"叮当车"。

排一个多小时的队，坐上100年前就有的交通工具，你可以在二十多分钟的时间里，把旧金山湾区的街道逛个遍，一睹其坡上坡下、棋盘式十字格局的街道风采。

旧金山的街道，很特别，棋盘式的方正格局，而贯通东西或南北的每一条街道，都是坡路，且坡度较陡。坡上坡下，绵延起伏。所有的房屋依坡而建，在鳞次栉比中显出阶梯结构。路过一片树林时，我产生了幻觉：这些树是怎么长的呢？它们是垂直于地面，还是垂直于天空？仔细观察一番，证实了万物向上生长的规律，而不会旁逸斜出。几百米长的街区，坐在车上，爬坡如老牛拉车，下坡似坐缆车，高处俯瞰，不胜晕眩。很佩服这里的司机，天天半坡起步练得如此娴熟，下坡路也开得从容淡定。看，那些汽车横爬在街道一侧。以倾斜的姿态依次排列，多么需要司机有坡上爬停移库的水平啊！我和夫讨论，汽车若不是这样停，而是顺坡爬，万一哪辆车闸失灵，引起的可就是多米诺骨牌连锁撞击后的效应。结果可就不乐观了。

在旧金山，让我想起了刘亮程的一篇散文《坡上的村子》，想起了文中描写的那些有趣而无奈的情景：

"这个靠近天山的村庄建在一个大斜坡上，一下雨地上哗哗地淌着水，淌得迅疾。雨一停水便不知流到哪去了。

"东西掉在地上也会滚，这里的东西都像长了腿似的，稍不留神就会再也找不见。尤其讲到那个卖西瓜的，拉了一车西瓜，卸到地上准备卖。结果等他一转身，西瓜动了起来，开始滚动的慢，接着越滚越快。卖西瓜的是个瘦老头，扯直嗓子大喊大叫。村里出来许多人帮着追西瓜。狗也帮着追。猪和牛也撒着欢追。到后来，没追回几个。一车西瓜几乎全滚到十几里外的坡下村。"

这样的情景，让正坐在古老的"叮当车"上浏览旧金山市貌的我，一遍遍地叠放在脑海里。我相信，如果有人在旧金山的坡上卖西瓜，西瓜照样会滚得找不见。而那九曲回转的花街，掩藏在花团锦簇中的坡道，其陡、其弯之奇，莫说是西瓜，就是人走在上面，也怕一不留心刹不住脚，就奔到坡下的太平洋里呢。

中午，我们在渔人码头驻足，瞭望不远处的恶魔岛。阳光下，旧金山这座美国加利福尼亚州的太平洋沿岸港口城市，更显出其浪漫和妩媚的风情。导游说，二十世纪初，这里曾因一次大地震而几近遭毁灭。1915 年，又因世博会在这里召开，新的建设将这里焕然一新，才有了今天的样貌。灾难后的涅槃重生，美丽与魅力更加渗透在城市的角角落落。

金门大桥的雾、九曲花街的坡、渔人码头的海，还有风、阳光、岛屿、旧金山市政府大厅金光闪闪的屋顶、贝聿铭先生设计的天主教堂，这些宛若时光机里最撩人的背景，深深刻进记忆。

天使之遇——写给爱米丽

爱米丽，一晃你已十五岁。

俗话说，有了苗儿不愁长。进入青春期的你，给了我们一下长大了的感觉。青春，人生最美丽的花季，有了怒放的资本，也有了担当的大气。走过青春期的我们，深深明白，年龄的跨越不仅仅代表时间的线性增长，作为个体身心的核变悄然发生着，也会投射到外在的言行上。如对家人的担心，对家事的焦虑，这些分明是你心灵上多了一份长女的责任。在你们三姊妹中，你长得清秀端庄，最好看。十五岁，青春的笑容扬在你脸上，那叫个灿烂俊美。当然，青春的叛逆也会流露在你眼中，对一些事情的决定少了盲从，而多了质疑。

很遗憾，在你十五年的人生中，我们之间的交集甚少，舅舅、舅妈是远方的符号。舅舅虽然在你十三岁的时候来过，但时间也不过是一月不到而已。十五年的人生光阴，我们隔洋而居，舅妈与你从未有过亲近的相处。

而今，我们突然闯入了你的生活，带着你不曾经历也无法理解的过去，来了。

你只是知道，我们是你家的亲戚，但有多亲、有多近，在生命中有多重要？你难以感受到。成人之间的血脉相连、少年往事，那是大人的故事，离你们太遥远了。世界如此之大，每个人就像一块小小的石头，来到世上如同投入水中，溅起的那一圈浅浅的涟漪，才是他生活的全部感知。而今，别的石头忽然投在了你们生活的附近，漾起的涟漪冲击了你们的生活，日常的程式似乎没有多大变化，却分明有了不同。在你的眼里，如何看待这样的冲击，如何接受生活中发生的一些变化，我一直尝试站在你的角度理解你的感受，并不惜唤醒自己童年的记忆。

我小时候，某天我家突然来了一个陌生人，母亲告知，说他是我们的表舅，也就是母亲的舅舅的儿子。我不怀疑母亲的说法，却一下难以亲近起来。人类所有的情感认同都是一样的，必须有后来多次的你来我往，以及有了成人主动亲近我们的表示（动作的、语言的、物质之类的满足），才会渐渐生出亲近感。可我的表舅，虽然来过我家，或者我后来也去给他拜过年，但他俨然端着一副成人的架子、冰冷的面容，和我没有任何亲密的接触，哪怕仅限于语词类的聊天也没有过。那结果是，他成了我一生记忆中一个永远冰凉的符号，或者说，只是一个干巴巴的概念存在，毫无温暖的情感可言。我想说的是，无论什么样的亲戚，如果没有在彼此的生活中近距离地相处过，没有彼此暖心的关爱过，情感一定是疏离的！

对你也一样，在你的童年时光里，我们是缺席的、旷课的。猛然间我们的到来，带给你的少不了陌生和距离感，让你猝不及防，却需要慢慢去接受和适应。

听你妈妈说，你的同龄朋友还是很多的，这说明你的交往能力不差。舅妈在和你的相处中，侧面观察到，你有很强的责任心，发现你内心深处是非常体谅你的爸爸妈妈的。一想到将来上大学，你们姊妹仨要花很多钱，你们的爸爸妈妈要非常辛苦地挣钱才能供得起你们，你就非常节俭。这种体谅，是难能可贵的。还有，关爱妹妹，对小雅馨自不必说，出门去哪里，有什么好吃的，你都会给雅馨留出来。抱她，带她，哄她，你确实是一个好姐姐。对于二妹雅歌，平时，你和雅歌免不了打打闹闹，看起来你厉害得很，一点也不让她，其实，我们知道，当外出途中忽然找不见雅歌，你比谁都着急，一遍遍地跑来跑去寻找，那份对妹妹的关爱情深意切。

和舅舅、舅妈的相处，你尽了自己该尽的责任，出行路上的提醒，带舅妈参观普林斯顿大学，和舅妈一起去图书馆看书，陪我们去商场购物。还有，全家旅行途中，是你承担了给舅舅打针的任务，才十五岁的你居然培训了一天就上岗了。这些，是担当，是责任，是勇敢的表现！我们都看在眼里呢。

随着时间的推移，随着四十多天的相处，可能有些东西会发生变化，那些潜伏在心里的感受。不是吗，爱米丽？

爱米丽，雅萱是你的中文名，但并没有在日常中叫响。可能一开始，你的爸爸妈妈先呼了英文名，周围的亲人随了他们的叫法，至此"爱米丽"成了主名，而"雅萱"成了户册上的备注。我们已习惯叫你爱米丽，雅萱，只有在刻意想的时候才会在脑海里闪一下。之所以要刻意想，是想把你当成中国人，因为你的爸爸妈妈是中国人，至少在血缘上，你身上流的是中国人的血。虽然，你出生在美国，你的生活环境让你的身份和心理早已加入美籍，但是，流在你血管里的血改变不了来处，中国是你的根，那里有你的奶奶、姥姥、叔叔、舅舅、舅妈、姨姨、表哥、表姐等众亲朋，他们与你有着千丝万缕的联系。这一张亲情网，是你生命的"区块链"，有机会回中国来看看，看看你的爸爸、妈妈曾经生活过的地方，你的视野会更宽阔，情感会更丰富！

舅舅、舅妈期盼你回来！

未来的日子里，我会常常想起你们，想起我们在一起的时光……

天使之遇——写给雅歌

雅歌，不觉你已是十三岁的小姑娘了。在家里的三姊妹中，你排行老二。

和你生活的交集，这不是第一次。当你四个月大的时候，被姥姥、姥爷抱回了国内。当时，你粉嘟嘟的脸，露在粉色连衣裙外面的小胳膊小腿就像藕根一样。你是我见过的所有小孩中最可爱的。难怪你姥姥说，无论是在飞机上，还是在火车上，周围看见你的人都喜欢得不得了。我不得不承认，看见你的一瞬间，我也喜欢上你了。

毫不夸张地说，你唤醒了舅妈身上的母爱。之后的近一年时间里，我们帮衬着你姥姥、姥爷端弄你。每到周末，把你接回家，和舅妈同睡一床，同盖一被。多少个日子里，抱你，喂你，带你出来玩。你的到来，改变了我一直喜欢男孩儿的固见，使我开始强烈地喜欢上了女孩儿。在你牙牙学语的时候，本来应该先学叫"妈妈""爸爸"，可你叫不来"舅妈"，只能叫我"妈妈"。好在你妈妈不在身边，不会吃醋，我便理所当然地享受了一把当妈妈的瘾。

你知道吗，舅妈有过私心，想把你留下当自己的女儿。几次三番和你舅舅说，让他跟你妈妈提提，反正美国不限制生育，你妈妈还可以再生，把你过继给我们做女儿该多好！可是，这事非同小可，你的爸爸妈妈怎么会不要你了呢？正如你妈妈说的，生十个也不会给人啊。母子情深，若不是有特别原因，没有谁能制造你们的分离。这是肯定的。舅妈显然是痴心妄想。

后来，你回到爸爸妈妈身边，舅妈狠狠地想了你三个月。在与你一起生活的一年里，舅妈为你记录了成长日记，作为送给你的礼物，在你走时带了去。那时，你已经走动了。听你妈妈说，你回到爸妈身边后，会经常翻看这本日记。只是你那么小，经历的这些会记得多少呢？如果说后来再见，我们还能够带给你一些亲切感，那真是全靠这本日记了，上面有文字有照片，也许能唤醒你的一些记忆碎片。

你五岁的时候又回来过，时间很短，一周多时间的相处，如风过树林。

我们这次来美国，见到你，心里感叹，你都十三岁了。你腼腆、温和的样子，不多言，却礼貌周全，并隐隐有一种不可名状的情意传递着。记得舅妈去美东前，亲自把几百美元交给你妈妈，算作旅游的报名费。你妈妈左右拒绝，你拿上钱很快跑得不见了。一会儿回来，我已经知道你做了什么。上楼来到卧室，看到了你把钱搁在床头柜上。虽然舅妈执意又把钱拿给你妈妈，但心里留存了一份感动：感动你的懂事，感动你的友善，感动你以自己的方式传递给我们一份贴心的温暖！

有一天，舅妈洗完锅，将锅放在天然气火炉上烤，火炉发出"嘶嘶"的声音，你跑过来告诉舅妈，这样很危险，并非常温和耐心地讲了原因。

还有那天中午，家里就剩下舅舅、舅妈和你。你吃完饭就去主动洗碗，舅妈不用你洗，你坚持要做。你的声音那么温柔而暖心！

你是雅馨的二姐，比雅馨大十岁，俨然一副姐姐的派头，千里旅途，你随时会让妹妹睡在你的怀里，久不挪位。

雅歌，你是个很有礼貌的孩子。所有认识你的人，对你评价极高。就连你的姥姥、妈妈，也时常在我们面前夸你，夸你仁义厚道。

遇见你，回忆起来都是美！

天使之遇——写给雅馨

雅馨，我们来时，再有二十多天你过两岁生日。

那天早晨，你醒来后被妈妈抱到饭桌前吃饭，忽然发现家里多了两个人。其中一个人坐在椅子上，一个人在灶台旁边的水池那里忙活。你盯着其中的男人，眼神迷离，全然无视面前的早饭。不知道的人以为你在发呆，而我知道你心里在打鼓。这个鼓啊，一直打到该随爸爸去幼儿园了，也没弄明白。反倒早饭没吃成，被爸爸匆匆抱走了。

"你们是谁？妈妈说是舅舅、舅妈，我怎么从来没有见过？我心里低低地叫着舅舅，有点叫不准。我看着那个舅舅，想在记忆里找到一些联系，可就是没找到。舅舅是干什么的？我第一次听说'舅舅'这个词。爸爸、妈妈、姐姐、姥姥、奶奶，我都知道。可是，妈妈，你说他是舅舅，但并没有说他和你是什么关系。抑或，说了我也不懂。我不知道他怎么来了我们家不走了，他几次想抱我，都被我拒绝。我怎么敢让陌生人抱呢？那个叫舅妈的人，还好，总是微笑着和我说话，偶尔让她抱抱，倒也无妨。"雅馨，这些都是你小脑瓜里想的吧？

在后来十多天的时间里，你始终不让舅舅抱。但看到舅舅的绿衣服，就会叫舅舅。半个月的美西旅行中，大家天天在一起，舅舅每天帮忙拿行李，偶尔也用小车推你。舅舅成了家里的一员，渐渐被你接受。每到一地，你会关注谁在谁不在，对不在的人，你以叫名的方式表示疑问：××哪去了？就像管理我们的小班长，随时清点人数。当然，对舅舅也是这样。渐渐地，你偶尔也会让舅舅抱抱，比如妈妈和姐姐们都不在的时候。而这时，你已能非常清楚地叫出"舅舅"了，声音洪亮。早上坐到饭桌前，你发现舅舅不在，就大声喊："舅舅，吃饭！"

雅馨，你正处于语言发展的敏感期。我们在你的这一阶段闯了进来，相处的一个多月时间里，明显感受到了你飞跃的进步。语言从一个词一个词地往出奔，开始连成短句表达。自己吃饭从抓得满脸花花，到动作越来越灵活、到位。因有两个姐姐做伴，学习无处不在。家庭中两种语境（英语、汉语）的交替出现，促进了你对两种语言的学习，见识的扩大，词语的丰富，日日长进可喜。美西旅行中，你相当配合，不闹病，不哭叫。有时，导游或什么人哇啦哇啦讲话，我悄悄从侧面观察你，你会较长时间盯着看，也在用心听。那流着口水很专注的小表情，让人顿生爱怜。

我也发现一个现象，遇到妈妈或姐姐们要离开一会儿的时候，你也会哭，但当我们给你讲清妈妈或姐姐们是去干什么的时候，你就安静下来了。成人那一连串的词语组合，我觉得你未必全部能听懂，但你却能因此而不再闹。一个有主见不盲从，又能讲清道理安静接受结果，肯努力与成人沟通的孩子，怎么能不招人喜欢呢？！

很高兴见证你的成长。旅行途中有你，有你花骨朵般的笑容和清亮纯真的笑声，舅妈的心里如天使做伴。

不旅行的日子，那些黄昏暮后，舅妈和舅舅带你出来散步，看萤火虫。晚上回到家，你从这个房间跑到那个房间，和我们一起玩耍，这些一定也留在了你的记忆里。

回国那天早上，我们和你妈妈一起把你送到幼儿园，是舅舅抱你进的班。在你们班，你还无法预测那一天舅舅、舅妈就要和你分别了，临离开时，舅妈蹲下来伸出手臂，你和平时的调皮躲避不同，居然温顺地走进舅妈的怀里，让舅妈拥抱了你。孩子，再见了！你可知道，舅舅、舅妈也很舍不得你呢，离开你，心里酸酸的。

回国一个多月了。

就在今天上午快十点的时候，我的微信语音响了，打开视频聊天，我看到了哭泣的你。你们正是晚上十点多，柔和的灯光下，你哭着和妈妈说："下去找舅舅、舅妈去！"我一下泪崩。可爱的孩子，你一定是想起了我们在的日子，想起咱们一起出去玩的情景。也许你会想，这两个人怎么说消失就消失了呢？而且这么多天也不见。你还没有空间距离的概念，不知道东半球和西半球是怎么回事。找舅舅、舅妈，不是出门就能办到的事情呀！舅妈和舅舅为了安抚你，说再去看你，可是谈何容易？还好，你妈妈答应了，明年带你们回中国来。到时，舅舅、舅妈又能和你一起玩了。

写这段话的时候，舅妈一直在流泪。真的很想你！

我躲在舷窗后悄悄地哭

那天，我刚刚乘坐了十多个小时的美联航班，回到北京即刻又转乘东方航空的航班飞太原。

离开纽瓦克，旅美之行即将画上句号。我想打开舷窗，再欣赏一下窗外的景色，但座位靠近机翼处，视线被阻挡，只能看见偌大的笨重的翼面和被机翼切割了的天空以及刺眼的阳光。加上空乘人员提示，不要随意打开舷窗，以免影响其他旅客休息。于是，十多个小时的空中飞行，我在昏暗的机舱内，借助头顶的射灯，拿出随身带的书翻翻，或关掉射灯安静地呆坐着，想闭眼睡会儿，却睡不着。

抵达北京机场，不久又坐上从北京飞太原的航班。我本想利用这一个小时的行程打个盹儿的，养养疲累的身心。然而，登上飞机那一刻，眼前焕然一新，机壁的白、座位的蓝、整洁的过道，明亮的光线，好干净清爽！与美联航班不同，在飞机起飞前，中国空乘人员提醒我们要把舷窗打开。

当飞机离开廊桥，转身，驶入跑道，我惊异地发现，夕阳下的北京机场是那么大、那么漂亮！不远处的草坪上，一排低低的喷灌，冒出的水反射着太阳的光，就像一个个闪亮的风车。远处的建筑、绿树、田野，沐浴在夕阳的金辉里，宛如一幅迷人的油画。随着飞机起飞，我的疲惫感忽然无影无踪了。我目不转睛盯着舷窗外那个绘有东方航空专有标志——红头红翅蓝尾巴的燕子形机翼，视线再没有离开。这次，我的座位在飞机尾部靠近右边舷窗，飞机整个修长灵巧的右翼便轻松进入我的视野，让我有机会目睹它凌空飞翔的傲姿。

其实，当第一眼看到东方航空航班舷窗外的景色，我已泪泗双眸——祖国在以自己的方式迎接我的归来，把舷窗打开，看看首都北京机场的宏阔美丽，那是一种大气！飞机起飞后穿越云层的气势，多像腾飞的祖国，那是一种豪气！

飞机离地长啸向天。转眼，脚下山河逶迤，锦绣铺排。升空中，雾锁前路，却挡不住铁鹰披荆斩棘，那迎风破浪、不可阻挡的气势，怎能让我不激动！当云层隔断俯瞰，近处的云如棉如絮，翻云覆海，偶尔又轻盈似纱，疾速从蓝天下飘过；而远处的云，如珠穆拉玛的冰川移动，一泻千里。窗外的世界，有时像在巨大的蚌壳里，天地无缝对接；有时又如进入宇宙大转盘，给人乾坤大挪移般的旋转之感。而我们的机翼，时而凌厉如剑，时而曼妙如臂，在穹宇下舞广袖般舒展。这是美联航班上无论如何也看不到的绝美胜景。

旅美月余，每览胜，我便会想起祖国的风景；看到新鲜事物，我又会联想到祖国的科技。散文家红孩说过一句话：乡愁，不仅仅是对乡村的描写，在美国想中国也是乡愁啊！

曾读过这样一段文字，过去纽约的华人区有一个餐馆，老板要求所有华人员工要向餐馆的客人下跪服务。1964年10月16日，中国第一颗原子弹发射成功，这一天，餐馆老板宣布：今天起，中国员工不需下跪服务了！老板说，能造出原子弹的民族是优等民族。

今年，我国建军 90 周年阅兵仪式，我看了。那天，我的微信圈被阅兵的信息刷爆了。九十年的建军辉煌，展示了我国逐渐强大起来的国防力量，扬了我国国威，也给中国人民一种踏实安全感，令每个中华儿女自豪、骄傲、幸福。神舟飞船、天宫二号、航母、探测火星、世界最大的射电望远镜、北斗卫星、高铁、量子技术……祖国以日新月异的变化激荡着人心，让身在异乡的我心潮澎湃！

我想说，背后站着一个强大的祖国，无论行至哪里，都会底气萦怀！

阳光给机翼涂一抹碎金。我在舷窗后喜极而泣……

假如愿意，请带孩子去旅行

　　最近在微信里看到一篇介绍乐嘉带 4 岁女儿穿越沙漠的文章。读后，确实震撼，也引发了我诸多思考。恰如文中所问，你能相信，一个 4 岁的小女孩，用了 4 天的时间，走了 74 公里，腿上脚上全是疹子和泡，只为徒步穿越沙漠吗？不理解的人，认为乐嘉在折磨孩子。而乐嘉表示，自己的初衷不过是带女儿出去玩。当然，他也说过，他希望女儿长大以后成为一个有毅力的人，如果这么小都能坚持下来，以后很多困难都能自己克服。爱，是什么？温暖照应是爱，安全看护是爱，而带孩子出行，让她从小接受一些磨练，谁又能断定乐嘉不是爱女深切呢？俗话说，爱有多深，期待就有多切。文中还介绍了，美国也有一个年龄更小的背包客，他的"背包客"生活从出生 5 天后就开始了。走到 2 岁，他已经跟着父母，去过 40 个州，攀爬过美国最壮丽的山脉。

　　这让我想起了旅美途中，看到不少美国父母带很小的孩子出行。在纽约杜莎夫人蜡像馆里看到一位男士推着几个月大的女儿转悠。在艺术博物馆，我们正欣赏一幅幅画作，一个女娃的哭声条件反射般转移了我的注意。循声望去，一位白人妈妈推着一辆双人婴儿车，一边往前走，一边看画。左边的孩子不知为啥哭叫。我"多事"地（实质是好奇）走过去。奇怪，这孩子忽然不哭了。我竖起大拇指给她们的妈妈，白人妈妈微笑示好。这时候又奔过一个稍大一点的女孩来。我刚要确定她家有三个娃，伙伴捅了捅我，让我看女主人胸前，竟然发现妈妈胸前还兜着一个呢。哇，一个比一个大一点，居然有四个。这时她丈夫也过来了，满脸友好的笑容。我对他们领着一堆"小不点儿"来看画展，既新鲜又疑惑。

无论走到哪里，都能看到推婴儿车的爸爸妈妈，带着他们大大小小的孩子，观风景，看人文。至于存留在我们头脑中的习惯性疑问：这么小的孩子能不能看懂？似乎他们并不多想这个问题。而也许，他们可能很好地想了这个问题，只是我们还未懂。

检视我们的思维，常常被固有的认识所羁绊，认为他们还小，看了什么也记不住，似乎记住什么才是追求的目标。忘记了感受、熏陶、精神的栽培，这样的影响看起来是无形的，却也是长远的。意大利著名儿童教育家蒙台梭利认为，一个人的精神胚胎还在生命的早期已经形成。孩子的心理感受忽视不得。他们确实因为年纪小，有些经历未必都能记得。但有一种潜移默化的东西会深深留在其精神世界里，影响其日后长远的发展。

在美西旅行中，不到两岁的雅馨，是我们这一大家中最小的成员。无论去哪里，都带着她。在孩子看来，你觉得我还小，觉得我看不懂，或者认为我还不记事，但我的爸爸妈妈不这么认为。瞧，为了让我和你们一起观看羚羊彩穴，我爸爸抱着我走那么难走的路，浑身都湿透了。还有我妈妈，要么抱，要么用小车推我，一路上她最辛苦！

半个多月的旅行中，小雅馨不是只知道吃喝玩，而是积极地参与观光游览，有时，导游或什么人哇啦哇啦讲话，我悄悄从侧面观察她，她

131

会较长时间盯着看，也在用心听。那流着口水的很专注的小表情，你能说她是局外人吗？

我越来越理解美国家长带孩子出来旅行的目的，看看这无处不在的大自然、大社会，见识精彩各异的风景和人生，让他们自己去感知世界、挑战自我。相比关在钢筋水泥里，不受任何风吹雨打，不吃半点行路之苦，不受丝毫体肤之劳，一心只以书本学习为要务，大把童年时光只有动画片相伴，或在电脑游戏中度过的温室弱苗，这样的旅行难道不是人生最奢侈的经历，最豪华的精神盛宴？！

杭州第二中学高三学生李豪逸曾在《书生》里写道："上苍赐人以三书，一曰有字之书，二曰无字之书，三曰心灵之书。无字之书，生活经历也。以一字概之，是为行。劳心柴米油盐，远游名山大川，皆读无字之书也。无字之书是为行万里路，如古徐霞客之游览，如马可波罗之远渡。于万化冥合之间，读自然造物之书。鬼斧神工，最美之书乃天成。"

为孩子精神的建筑，心灵的放养，假如愿意，请带他们去旅行！

第六辑　心灵回声

敬畏生灵

——读冯秋子散文《1962：不一样的人和鼠》

想不到，我会改变对老鼠的看法。数十年形成的对老鼠恐惧、厌恶、唯恐避之不及、甚或永远不见的念头，竟然异变出恻隐之心和悲悯情怀。倒不是说我多么想念起它们来了，而是，对生灵有了一份敬意。这得感谢作家冯秋子的作品《1962：不一样的人和鼠》。

1962年，国人备受饥荒、饿殍遍野的年月。老鼠的命运又是怎样的呢？小时候的印象，多是老鼠偷吃人的粮食，毁坏人的物件。而这篇文章里，我看到了人类因饥饿所逼翻挖老鼠的"粮仓"，让老鼠无法过冬，不得不集体自杀的场景。

被人类掠夺到非"集体自杀——上吊"而不能已，听来多么聊斋，却是事实。

文中写道，在难挨的光景里，上有生病的婆婆，下有嗷嗷待哺的几个娃儿，母亲带着饥饿和无法解决的恐慌，向野外走去，日行二三十里、五六十里，而后八九十里，去挖黄耗子洞里的粮食。

老鼠秋贮粮秣，也是为了确保他们的家族能够安然度过严冬。过去一直不知道它们是怎样把粮食搬回洞里的，以为是含在嘴里弄回去的。读了这篇文章才知——母耗子先把麦子捆成一大抱，放在一边，自己仰面朝天躺倒，等着公耗子把麦捆搁到她的肚皮上。麦捆一上身，她即刻收拢四条腿，紧紧环抱麦捆，由公耗子咬住她的尾巴，向目的地开拔。……每只母耗子的后背，在紧张的转移、搬运秋实的日子里，全部摩擦得血糊淋漓，皮开肉绽，一根微细的鼠毛都不剩。多么惨烈的搬运活儿！

人世间，果真是一物降一物。但并不是你降了它，你就会有胜利的快感。往往，当你看到由于自己的掠夺，造成人家断了炊烟，儿女挨饿受冻，不得不寻死觅活时，你无法不为自己的行为感到战栗。我生你死的选择，常常让胜者灵魂不安，就像作者母亲说的，"我真是舍不得拿走一根麦穗、一颗麦粒"。可她还是拿走了。她得养活她那些嗷嗷待哺的娃和软瘫在床上的老人呀！当挖地的男男女女看到老鼠们惨不忍睹的处境，惊得互相传呼："快别剿了，剿得人家孩子快死完了。"这是同为生灵的人的良心发现与不忍。

且看这个场景多么触目惊心："这是1962年秋末冬初。草地里长着分叉的蒿子秆，耗子踩着一块石头、一截木头，爬上了离地一尺高的蒿秆的分叉处，把头往蒿叉里一卡，一跃身，用两条后脚爪将头紧紧抱住，使劲抻自己的头，一直抻到断气为止。绝大部分耗子照搬这一种死法，攀登着蒿秆上去，解决自己，一死一大片。"

当作者的母亲说到这一情景时，已经过了四十年的老话，她的身体仍止不住地抽搐。我能理解，她是站在同为生灵，同是为家室奉献付出的情感天平上，感受到一种由于不得已而破坏"别人"家庭造成的痛苦和自责不安，那是来自灵魂深处的愧疚。这样的愧疚远大于人类为她定的罪——多吃、多占！

读完这篇文章，我的内心五味杂陈。有对平民人物挣扎生活在水深火热困境的感慨，有对时代荒蛮运动的无奈，还有一种对异类生灵不幸遭际的痛切齿寒。写下这些，不是说自己爱上老鼠了。事实上，我依然不想与它为邻。但内心里有了一份敬畏——对一切有性情有责任有章法的生灵，敬畏有加！

让爱为心灵护航

——我看影片《奇迹男孩》

男孩奥吉·普尔斯出生时奇丑,动过二十七次手术后才渐渐恢复视觉正常、听觉正常……

他的丑貌让他走到哪里都会引来人们的恐怖表情和嫌弃鄙视。为此,他的妈妈放弃了工作和当一名儿童插图画家的梦想,在家专职教他。该上五年级时,决定送他入学。当然,是在征求奥吉·普尔斯同意的前提下。可如何让他适应同学们的种种讶异反应和可能被歧视侮辱的处境呢?奥吉·普尔斯的父母不无担心却又引导得异常明智。瞧,奥吉·普尔斯入学不久,就被同学们的嘲笑、孤立打击得伤心不已。沮丧至极的奥吉·普尔斯,回到家晚饭也没吃就躲进了自己的房间。一直为他担心的妈妈跟进来,下面是他们的对话。

妈妈:奥吉,你怎么了?

奥吉:我很抱歉,没关系。(奥吉戴着遮丑的头盔低低地说,他想掩饰自己的难过)

妈妈摘下他的头盔，一边观察他的反应，一边心疼地安慰他：会没事的。

奥吉即刻泪流满面，伤心地哭道：因为我长得不一样，大家都不愿意和我说话。我假装不是因为我丑，但其实就是。我为什么一定要这么丑？

妈妈：你一点儿也不丑，奥吉。

奥吉：你是妈妈，没办法了才这么说。

妈妈：我是妈妈，所以我说的不算数吗？正因为我是你妈妈，我说的才最算数。因为我最了解你。所有那些想认识你的人，也会这么认为。

这里要讲，奥吉的科学课非常棒，其他方面也很不错呢。

奥吉：妈妈，他们会一直看重我的长相吗？

妈妈：我不知道。但是，你过来。

奥吉和妈妈坐到床上。妈妈指着自己的眼角说：每个人的脸上都有印记，你第一次手术时我有了这条皱纹，你最后一次手术时，我长了这些皱纹。每个人拥有两张地图，外貌的地图记录我们走过的路途；心灵的地图，则给我们指引前进的道路……

在妈妈的循循善诱下，奥吉受伤的情绪基本平复。

奥吉：那你的白头发呢？

妈妈故作沉思和不好意思地说：那估计是被你爸爸气出来的。

此刻，奥吉和妈妈都开心地笑了。整个过程，妈妈深情的目光关怀，触动心灵的思想沟通，机智幽默的语言解释，就像一盏明灯温暖并点亮了奥吉·普尔斯自卑而受伤的灵魂。这样的教育，情真而智慧，是真正在给孩子的心灵保驾护航。

由此，我想到，一个人个性的强韧与否，不在于其身躯的壮硕，而在于其心灵是否足够坚忍不拔。而这样的心灵，需要来自周围成人的精心呵护和引导。奥吉·普尔斯的父母将教育最高的境界呈现给我们。授者，不仅仅是简单的教授其知识、锤炼其能力，还有俯下身来贴近被授者澎湃的心跳，倾尽真爱的关注，既放手让他们直面现实的风雨，又适时地予以方向的导航。

在这部影片里，爸爸的言语不多，但关键时候给予奥吉力量的支持，如走进学校对奥吉坚定的不失幽默的鼓励，阳光般消融了奥吉的恐惧，使他摘下遮丑的头盔，坦然面对人们的目光大胆走进人群。

想说，奥吉·普尔斯是不幸的，从娘胎里就带着异于常人的奇丑；可奥吉·普尔斯又是幸运的，幸运在他拥有一对智慧和爱意浓浓的父母，还有周围能够真诚接纳他、鼓励他的校长、老师们。如校长图尔斯，第一次见面自我介绍，竟是从自己不雅的绰号开始，我叫图尔斯，我有很多绰号，人们有时会称呼我屁屁、臭屁……逗得奥吉窃笑，瞬间放松了紧张恐惧的心理。校长的爱心和智慧在于，以自己也有不雅的绰号暗示奥吉，每个人都不完美，都有出丑的地方，但不要紧，我们依然可以开心快乐。

学校的老师们，没有一个表现出嫌弃之态，平等、热情的接纳给予了奥吉·普尔斯无声的支持和力量。即使一些同学开始嫌弃他、孤立他，后来也随着对他越来越多的了解平和友好了。人性的光芒通过不同人物的行为灿然折射出来。

这部影片给我的启示，最美的爱，是接纳孩子的不完美；最好的教育，是为孩子的心灵护航！

芈月的三段爱情
——看电视剧《芈月传》有感

耳闻大家都在说《芈月传》，好奇所致，不慎追起了剧。对于芈月一生跌宕起伏的传奇经历，我更感兴趣于她的三段爱情。

1

可以说，芈月所生存的皇宫，陷阱重重，灾难随时会降临于她，她常常小心防范也难逃层层设障。

芈月是莒姬的陪侍媵妾向氏的女儿。因母身份卑微，备受宫里以楚后为代表掌权者的欺压、凌辱。但是，她却深得太子陪读黄歇公子的倾心垂爱。两人青梅竹马、两小无猜，一个纯真烂漫、正直无邪，一个骨貌清俊、玉树临风。黄公子对芈月一往情深。从厨房偷点心的恶作剧开始，俩人初识；之后，黄歇为了帮芈月找到能救治葵姑姑眼疾的黄连，不惜陪芈月私闯南后郑袖的花园翻找，被发现后，闹得沸沸扬扬。威后

（楚王死后，楚皇后改称威后）要惩治他们，黄歇独自承担，拒不承认与芈月有关。而芈月为救黄公子自动投案，如实陈诉事情的原委。多少次，芈月身遭他人陷害，黄歇都是心急如焚，想方设法救助，不惜冒犯高高在上的威后。多灾多难的生活遭遇，黄公子一次次的挺身而为，让芈月珍惜这份情谊，心生无限爱意。

　　黄歇欲娶芈月，芈月愿嫁黄歇，本是一对璧人，却被芈月同父异母的姐姐芈茵横刀夺爱。芈茵仗着威后的权势偷梁换柱，逼得他们走上了一条逃婚的道路。之后，芈月为了躲避威后等人的继续迫害，不得不做了姐姐芈姝的随身媵妾，随芈姝一同嫁往秦国，希望在途中与黄歇相遇，然后两人一起私奔。然而，送亲的途中一路凶险，芈姝不是被秦国魏夫人派人下药毒害，就是被义渠部落拦路抢劫，芈月本有和黄歇一起远走天涯的机会，但为了救助姐姐芈姝，她一次次帮姐姐躲过危难，甚至不惜牺牲自己，披上芈姝的红斗篷冒充王后的身份将义渠人引开。在即将被俘虏之时，黄歇赶到，一阵厮杀，但终是寡不敌众，厮杀中黄歇坠落山崖，生死未卜。芈月专门去找过，除了找到她赠送的香囊，别无痕迹。至此，芈月在痛苦万分中接受了一个事实：黄公子死了，永远离她而去！

2

　　本不想在秦国皇宫多待，更不愿情移秦王嬴驷、与宫中众嫔妃争宠。无奈，王后姐姐芈姝初来乍到，遭遇魏夫人等人的排挤，处处受难。芈月只好暂留宫中帮助姐姐撕开一条血路，冲破重重阻碍，渐渐立稳脚跟。然而，这一个"只好"，却生出了秦王的慧眼识人，滋生了对芈月的别样垂爱。

　　秦王并不强迫芈月，他采用了等待的办法，这是他的高明之处，暂且不提。

要提的是，身处卑微媵妾之位的芈月，因为帮助姐姐芈姝捍卫了王后的权利，深遭魏夫人等人的憎恨，逮住时机就加害于她和她的亲人。如果说，楚宫是狼窝，那么秦宫就是虎穴。她能一次次奋不顾身保护姐姐，姐姐却因自身的懦弱加上身边玳瑁姑姑的万般阻拦，未能处处顾她。尤其，在弟弟冉儿被诬陷偷盗罪，要施予宫刑或者逼她改嫁宫外不堪之人的危难当头，她求见王后芈姝，下人玳瑁千般阻拦，真是求告无门啊！一个人孤苦无援，不得不亲自寻找正在行郊北宫的秦王，求救于他。求秦王，恰恰是秦王所盼。可当秦王看到芈月虽然主动来侍寝，却是那样不情愿，面带泪痕万不得已的一副样子，便将她撵了出去，嘴上说帮不了她，实际上暗地使了力，将她的困境解围。芈月还在宫里无助的时候，那时她便发誓："今后，决不让亲人再受别人的凌辱、欺负！"实际上，这一誓愿，已经松动了芈月不侍秦王的决心。"坚冰深处春水生"，我把这句话用在这里，是想说，祸兮福所倚，看似绝路的尽头，常常会绝处逢生。秦王本是不凡之人，芈月不恋慕与他，是因为芈月心中有黄歇，她忠于与黄歇的爱情。这也正好说明芈月并不贪恋富贵而轻易丢弃心中的所爱。可是，一系列的灾难，黄歇又被认为命丧黄泉，而秦王处处眷顾与她，最让人感动的是，能耐心地听她讲与黄歇的故事，讲她童年、少年的往事，甚至降低身份做她的"大老虎"，背着她满屋子里跑。看到这里，我想，再是冰一样的坚守，也会有融化的时候。芈月对秦王的爱意，至此有了发展的机会与空间。秦王以自己独有的魅力走进了芈月的心灵情感地带。

3

面对秦王迂回的追求，芈月不是一个不知好歹的人。在认可了黄歇与她永诀的这一事实后，芈月的生活中闯进的男人，义渠王算一个。但在前40集中，是义渠王一厢情愿，芈月心里还没有将他挂号。而秦王则不同了，为了将芈月从义渠部落赎回，秦国甘愿送给义渠600车粮食。之后，他们生活在同一个皇宫，芈姝是王后，芈月作为媵侍服侍左右。在几次后宫之战中，芈月表现出了卓越的口才和伶俐的应变，确实让魏夫人等不好对付。谈起国事，芈月博览群书，很有独到见解。如此的芈月，怎能不得秦王欢心。秦王自称是素色之人，并不贪恋女色，但对芈月却生了另外的情愫。在芈月遭受危难之时，秦王暗地里出手解危。之后安排芈月整理承明殿的奏章书简，他们有了交流的机会。

秦王与芈月共处一室却并不强迫与她，每日耐心听她讲和黄歇的故事或童年的往事，与她一起玩"骑老虎"的游戏。这些点点滴滴的温暖，我相信，芈月的心扉被渐渐地打开了，她逐渐地接受了这位曾经给她留下好印象的"老伯"，而今是权倾一国、励精图治的君王嬴驷。最好的爱情，莫过于两情相悦。芈月与秦王的爱情走到了这一步，也是水到渠成。秦王对眼前这个可爱、聪慧、有见识还有点倔强、虽然吃尽苦头但还依然守望爱情的小丫头真是垂爱无比，恨不得集三千宠爱于一身。可以说，芈月享受到了秦王真诚的爱情。正如秦王所言："你要明白，在承明殿里我是你的夫君，出了承明殿，我就是一国之君。"芈月说："我明白，您想让我学着和宫里的姐姐们一样，做她们中的一位。"而秦王说："不，我不要你做她们中的任何一位，我要让你做独一无二的……"秦王从芈月的言行举止当中，看到的除了有见识，还有不同于其他嫔妃的正直、通达、仁厚、重情重义，而不是争风吃醋、落井下石。

4

芈月的受宠，遭到了包括王后芈姝姐姐在内的嫔妃们的嫉恨。王后芈姝虽不至于加害于她，但情感上再不似从前一样与她亲密无间，而有了嫌隙。其他的嫔妃则对她恨之入骨，同样是王后芈姝随身媵侍的孟昭氏就是一位。当孟昭氏得知黄歇还活着，便想尽一切办法让已怀孕的芈月知道，然后想通过芈月迫切求见黄歇之事，以"芈八子通私情"的罪名引起秦王恼怒，从而重重处罚芈月。狠毒之心可见一斑！

且不论剧情，我们来看看芈月得知黄歇死而复生，她又经受了怎样的情感剧痛。为了见到黄歇，她本来想跟秦王说明，但吞吐中被秦王截了话题。她只好暗箱操作，冒着可能被秦王发现后的种种危险，男扮女装去了四方馆。期待中，一个熟悉的身影映入眼帘，不是别人，正是她刻骨铭心爱着的黄歇。本是有情人，遭遇生死诀别，让芈月如天塌一般痛过多少回。原以为此生再不得见，哪知今日又重逢。恍如梦里的相见，两人禁不住热泪千行，生活的磨难让一份惺惺相惜的爱情骤然断裂，该是多么痛入骨髓！而今泪眼相望，凝聚了分别后所有的思念。那一刻，我相信，芈月心里只有黄歇，没有秦王（暂时隐退了）。因为当黄歇提出带芈月一同离开秦国回楚国时，芈月当下情不自禁答应了，回到皇宫还整理了包裹。可随着腹中胎儿的躁动，那个暂时被隐退的人回到了芈月的意识里，芈月想起了另一个人另一份爱——秦王。走，还是不走？芈月一下陷入两难境地。这两个人都给予过她深深的爱，舍谁都会让她痛啊！人生还有比这更作难的事情吗？无论走、留，都是疼。所以，芈月才会号啕大哭。

我在想，假如没有楚国威后等人的迫害，芈月与黄歇完全可以结为夫妻，过一种安安稳稳普通人的生活，哪里还用远嫁秦国，再生这么多的是是非非？哪里还会有嫁入秦国后被秦王宠爱和之后的"霸星"应验？可惜，世间事没有假如。

芈月最后选择了留下。不是芈月不够爱黄歇，也不是芈月贪图秦王的富贵，而是，分别后的光阴让黄歇保留了原来的情感，而芈月虽然还有原来的情感，但生活的波折毕竟在她的心灵地带又加进了新的内容。所以，王后芈姝说得对："只怕黄歇还是原来的黄歇，芈月已不再是原来的芈月。"

值得赞叹的是，黄歇明白了芈月不能随他走的意向，并不责怪芈月，他理解她的难处，非常释然。真应了印度诗人泰戈尔的一句诗："眼睛为她下着雨，心却为她打着伞，这就是爱情。"而秦王，更值得赞赏，芈月与黄歇四方馆的相见，是他一心保护芈月下的安排。他不是嫉恨恼怒他们，并利用手中的王权加害他们，而是成全他们久别重逢，以一个大男人的胸怀等待着芈月的选择。当知道芈月选择了留下来，他又在十里长亭摆酒话别黄歇，诚恳地请求黄歇留下来为秦国服务，即使黄歇婉辞，也能坦荡相见。这样的男人，芈月如何不爱？！而我要说，秦王真是高明，他帮助芈月释放了截留在心中的一份旧爱，而换取的是他们爱情的新生。

看看这两个深爱芈月的男人，相见时眼神如此的坦荡，推杯把盏中一副真诚之态，不得不信了芈月说的话："我是一个有福的人……"

她真是一个有福的人！

5

闯进芈月情感地带的男人，除了黄歇、秦王嬴驷，义渠王翟骊算一个重量级人物。这里的重量级不是指官位、权力，而是指情感深度。

当初，芈月做姐姐芈姝的随身媵侍，随芈姝一同嫁往秦国，途中遭遇义渠部落的拦路抢劫，芈月为了救助芈姝姐姐，不惜牺牲自己，披上王后芈姝的红斗篷冒充王后的身份将义渠人引开，最终被义渠部落俘虏。那时，义渠王对芈月有了好感，认为她像草原上的女人又有不同于草原女人的地方，勇敢、无畏、倔强、重情重义而又十分俊俏。他想把芈月留下来做他的王后，无奈秦王以 600 车粮食等草原急需过冬的物品派张仪前来议合，将芈月赎回。况且，芈月心系黄歇也不愿意留下来。第二次见到芈月，是芈月随秦王来收复他们，秦国不费一兵一卒，就让义渠王甘愿对秦称臣，芈月功不可没。之后就是秦王驾崩，芈月母子被王后芈姝发派到燕国当质人，一路上押送他们的秦军受王后之托，对芈月她们百般刁难，恨不得立马结束她们的性命。危难之时，义渠王出手救助，赠予金银、毛皮。那时，义渠王想让芈月母子干脆随他回义渠部落，"我做大王，你做王后，我保你和孩儿一世的安稳周全。"无奈被芈月拒绝。听说芈月她们在燕国受尽磨难，义渠王又及时赶来救助，并一路劳顿冒着生死危险护送她们回到秦国。

最感人的是，芈月被魏夫人用的女巫下了蛊，生死攸关当头，又是义渠王前来救走，并让部落大巫将蛊虫引到自己身上，以自己的命换芈月的命。芈月渐渐好转，义渠王却遭受百般痛苦，生命垂危。当芈月得知这一切，面对这个爱慕她、为了她不惜牺牲自己生命的热血男人，她怎么能不动心呢？！连大巫都说义渠王不行了，芈月抱着他边哭边说："我不许你走！你听到了吗？你说过我是你的女人，你还未娶我，你走了，如何让我做你的女人？只要大王闯过这一关，我就是你的女人！"芈月情急之中肝胆相照的话语唤醒了昏迷中的义渠王，义渠王以非同寻常的毅力战胜了蛊虫的折磨，从死亡线上活了过来。那一刻，真是太感人！感动义渠王的舍命为爱，感动芈月又以深切的爱唤醒即将远逝的生命。生死相依，生命相许，这就是芈月和义渠王的爱情。随着之后帮助芈月母子登基，平定内乱，戍边外患，义渠王和他的部下都立下了赫赫战功。爱情的力量助芈月一路取胜。

只可惜，当秦国日趋强大，当秦王嬴稷时时不满意这个简单粗鲁的继父，当义渠王的部下屡犯秦律，并不断挑拨他和秦国的关系，他们即使有了共同的孩子，却因姓嬴不姓翟，而让义渠王恼火并一步步走上了置爱情于不顾的反秦道路。他要将秦国一分为三，是给秦太后芈月出了个大难题。芈月怎么会答应呢？她费了多少心血让秦国日渐强盛起来，怎么可以成为这样的结局？她爱义渠王，能包容义渠将士种种违反秦律的错误，却不会答应义渠王的这一瓜分秦国的请求。只因她是秦国的太后，她有着统一秦国大业的宏伟抱负。爱情与政治一旦混杂在一起，常常是爱情败给政治。所以，芈月和义渠王的爱情也就走到了尽头。当黄歇得知秦国要攻打楚国、意欲灭楚时，不是也在芈月面前慷慨陈词，并愤然离秦返楚去救援自己的母国吗？

走进芈月情感地带的这三个男人，用不同的语言来形容：黄歇与芈月是清风明月、知心懂你，发之于情而止乎于礼；秦王与芈月是高岸深谷、识人垂爱，发之于识而止乎于疾；义渠王与芈月是草原星辰，肝胆相照、生死相许，发之于情而止乎于欲。

总在想，人生若只如初见，何事秋风悲画扇，爱情又何尝不是如此？爱情不会孤立存在于世，必然会与柴米油盐和当事人的文化信仰、兴趣爱好、个性习惯……——进行交手，磨合得好，走得远；否则便会是分崩离析。

一幅迷人的草原画卷
——读赵文散文《喂奶歌》

读赵文的散文《喂奶歌》，在质朴清纯的文字中，一幅草原风情画卷尽收眼底。

作者用充满温情的笔触，描写曾经生活过的伊合塔拉草原，那里有亲爱的额吉、阿爸、伙伴萨日娜；毡房外有羊群、牛、马，也有偷袭的狼。毡房内一声婴儿的啼哭，惊动了毡房外的羊群，也拉开了作者童年生活的序幕。幼时骑羊的顽劣，目睹母羊生羔的过程，耳闻萨日娜一家的不幸以及后来上小学骑牛、遇狼的经历……读来如欣赏塔米尔河奔涌向前的律动，一路别样的风光，情怀无限。

文章情感热烈，人物形象生动、饱满，各具特色。"我"的顽劣淘气，从骑羊、骑牛的场景描写中，以一斑而见全貌。可以说，草原的羊群陪伴了"我"的童年，草原的风雨锤炼了"我"的性情。两次狼的出现，第一次狼偷袭羊群，当阿爸回来述说了萨日娜一家的悲惨遭遇，"萨日娜！萨日娜！萨日娜！""我"拼了命喊，喊着喊着就把塔米尔河的水吐出了口。第二次遇到狼，是在弯曲的河边发现了刚出生不久的小牛犊。他们完全可以放下怀里的小牛犊去逃命，但他们没有。草原人对家畜本能的体恤和爱护，视它们如家人一般，不会扔下小牛犊不管，这种仗义将草原人畜之间的特殊依存关系生动地勾勒出来。

勇敢、爽朗、侠义的阿爸形象通过下面的言行跃然纸上——

阿爸看见，一把抓住我，单手把我拎起来，在我屁股上拍了几下说："你这个淘气包，欺软怕硬，有本事去骑马，骑羊算什么蒙古族男人。萨日娜只比你大一岁，人家小姑娘都会骑马啦！"阿爸把我扔向天空，又一把把我接到怀里亲吻我的额头。

而一声"狼来了！"阿爸迅速穿上厚重的蒙古袍，手拎木棒急匆匆离去。

再有——

狼，渐渐逼近。我放下小牛犊，一边从怀里掏出了布鲁棒，一边和萨日娜大声喊："阿爸，快来救我们，快来救我们！"

阿爸的声音从天边传来："孩子们，我来啦，我来啦！"

两匹狼闻声丧胆，转身就跑。

当阿爸胯下的黑骏马的鼻子碰到我湿透的蒙古袍时，我"哇——"地哭出了声。

拥有这样的阿爸，是多么幸福的事情！

还有失去双亲、天真善良的萨日娜，一言一行都透出了质朴纯真的秉性。

然而，在文章中最闪烁着迷人光芒的，是温婉善良的额吉，一次次"阿弥陀佛，神仙保佑"呵护着跌伤的儿子，呵护着生产的母羊和它的羊羔，也呵护着友好的邻人。特别是额吉温柔唱出的《喂奶歌》，读来如奶茶飘香，回味无穷。

曾看过一个《母驼喂乳》的视频。在内蒙古，不少母驼第一次生下幼驼时，不会也不愿给幼驼喂奶，牧民要用马头琴伴奏演唱《劝奶歌》，并温柔地抚摸母驼。借着歌声，母驼回忆起小时候妈妈喂奶的情景，动情地流下了眼泪。之后才会亲近幼驼，给幼驼喂奶。一个充满爱的"劝"字，一段悠扬的铭刻着爱的记忆的音乐，让人畜间的沟通产生情感共鸣。每次回味此情此景，总让我感动不已。

不仅母驼如此，从赵文的散文《喂奶歌》中得知，母羊、母牛受了惊吓也不会下奶，它们拒绝喂养幼崽。草原人用风情独具的《喂奶歌》，唤醒它们的爱意，促使它们重新担起对幼崽的抚育。

且看额吉深情的歌唱，那自编的《喂奶歌》的内容，那安详的神态举止，那人畜共鸣的情感焦点，让我再次领略了草原独特的风情之美。

——额吉用慈祥的目光注视着我和萨日娜，让我们安安静静地坐在一边不要出声，自己盘腿坐在母羊旁边，用手轻轻地抚摸着母羊的皮毛，开始唱起了我从未听过的《喂奶歌》：

"这片草原叫伊合塔拉草原，这条河流叫塔米尔河。这座蒙古包的主人叫巴图，巴图的女人叫其其格，他们有两个孩子，大女儿叫萨日娜，小儿子叫齐鲁。孩子们刚出生时，是喝着我的奶长大的。我是草原上的额吉，我有义务用我的乳汁喂养我的孩子。你也是吃着伊合塔拉草原的草长大的，你也是喝着塔米尔河的水长大的。你出生时，是一个叫巴图的男人把你抱进了温暖的毡房，是一个叫作其其格的女人从你母亲肚子里把你接生出来的。而此刻，你就住在巴图的毡房里，就站在其其格的身旁。你为什么不感恩这一切，为什么不用你的奶喂养你的孩子呢？"

额吉拍打着母羊的背，继续唱："请喂养你的孩子吧……请喂养你的孩子吧……请喂养你的孩子吧……"尾音拉得特别长。

直到母羊流出了眼泪，发出温柔的呼唤。

这样令人迷醉的情景，时时在我心底回放，不由得把自己置身于母羊、母牛拒绝喂奶的境地，仿佛我是它们。而后，随着额吉一遍又一遍深情唱出的喂奶歌，我已是热泪盈眶，爱意回转。

　　散文《喂奶歌》采用先扬后抑的表达手法，"扬"的是草原的生活情态，人与人、人与畜之间的相互依存与关爱，那一幕幕生活的图景，一个个鲜活的人物，一桩桩发生在伊合塔拉草原的故事，构成了一幅动人的草原风情画卷，闪烁着独有的迷人的光芒，打动了读者的心灵；"抑"的是草原后来发生的变化，当作者日渐长大，和萨日娜一起外出求学，离开草原走入城市打拼，草原也在人们的过度开发和其他不合理利用下，生态环境遭到破坏，使得这些传承了几千年的草原文化和草原生活的风情韵味正在渐渐流逝。一种由内而发的疼痛，是赵文稀释不了的浓浓乡愁，呈现在他的笔下，引发读者去思考更多的东西……

闲笔下，故乡的秋夜情暖而牵魂
——读蒋殊散文《故乡的秋夜》

　　最早读到蒋殊散文集《阳光下的蜀葵》，应该在三年前。里面就有这篇经典之作《故乡的秋夜》。一晃三年多过去了，我依然忘不了这篇文。确切地说，每到秋天，我都会想起这篇文，想起蒋殊笔下的故乡——那个情暖而牵魂的秋夜。

　　我并未去过蒋殊的故乡，却让我沦陷在她故乡的情结里迟迟不肯转身，而且仿佛有另一个我陪同她，走在乡间的路上，瞭望庄稼地里收秋的人们，然后，遇见热情的婶婶，被婶婶别来已久今见欣喜的询问围绕着，在婶婶家吃着红面饺子，唠着嗑。还有，夜幕下邂逅挑担归来的大伯，擦肩而过时的猜测，唤醒的是沉潜在记忆里的童年岁月。穿过巷陌，从门缝里瞥见邻家院里啼哭又破涕为笑的孩子，目睹坐大街的人们被喊回家吃饭的一幕……可以说，如看一部温情脉脉的经典乡村电影，田间地头庄稼人的劳作，夕阳暮色炊烟里的呼唤与守望，是蒋殊笔下故乡的记忆，却也分明是我童年的底色，一种慢时光里的乡韵，一种撼动心灵的共鸣，令我深深留恋着，沉醉在她故乡的秋夜里，一直舍不得离去。

能让我如此迷恋和沉醉，不外两点：蒋殊语言的质感魅力和她笔下故乡的细节化、生活化、情态化，构成了一种故乡文化的精神向导，在每一个有故乡情结的人的灵魂深处，唤醒的是朴实而真切、简约而暖怀的诗意美。

文字本是抽象的符号，却在蒋殊笔下鲜活生动地站立起来，如血液里的细胞呼啦啦融进故乡立体的生命里，使故乡的体态呈现出健康、光泽、秀美、温润的肤色。

蒋殊的语言很有质感，她能恰到好处地把控着自己内在的韵律和节奏，与她的思想情感和声相伴，弹奏出清逸、灵动的一种韵味来。台湾著名作家林清玄说过："最好的文章，是作家自然的流露，他不堆砌，读的时候不觉得是在读文章，而是在读一个生命。"读蒋殊的《故乡的秋夜》，恰如在读故乡的生命。

故乡，是蒋殊童年生活的地方。久别归来，带着童年的记忆重新审视眼前的镜像，似曾相识又分明融进了生命的叠化，镌刻了岁月的沧桑。"放眼望去，我认识的树，都老了。老了的房子，依旧在老地方。"描写生动，将时光的流逝、万物的变化和心底对故乡的寻找与感慨，巧妙地表达出来，简洁而雅致地表达出一份亲和、几分无奈。

文中人物对话简洁而传神。

如，婶婶从玉米堆里抬起头来，愣了半天才跳过来夺下我手上的东西："一个人？"

"孩子跟爸爸出门了。"

"你爸咳嗽轻些？"

"一直吃药。"

"你妈的腰呢？"

"保养着罢。"

婶婶丢下玉米，攥紧我的手，急切地开始了积攒多年的询问，直到远在城里的亲人在她脑中一一清晰，才满足地拍拍手，"晚上吃蒸饺！新磨的红面！"看我惊喜的表情，笑笑说，"没忘吧，小时候一闻到味儿，就骑在门槛上不走。"

往事，暖暖的。

无论是简洁的对话还是生动的场景描写，蒋殊的文字能调动读者所有的感官，形成通感的力量，引起共鸣。那些隐藏在文字后面的情思、经验和事实，以及对生活和存在的独特发现，看似平常的生活现象，却蕴含着深邃的精神密码。著名作家周闻道在《蚂蚁的心灵地图》一文中写道："用心贴近所要写的对象世界，让内心产生情感的冲动，创造内心地图中闪光的亮点；然后，用恰到好处的文字记录下来。让叙事流进行精神钻探，用心贴近，再贴近，发现别人所未知，并用本真的语言表现出来。"蒋殊笔下的故乡，正是创造了她内心地图中闪光的亮点，她的文字找见了一条通往自己内心，也通往读者内心的通道，带着虔诚的信仰、感性的灵光、情感的秘密，自由，本真，诚挚，叩击读者心扉。她的每一个文字，不是枯燥僵化的符号，而是一个个精灵般的生命体，都能在作品中站立起来。

另外，蒋殊笔下的故乡细节生动，人物情态逼真。随着她移步换景，历史与现实遥相呼应，想象力、距离感、空间穿透力，丰盈着读者的思维，构成了一种故乡文化的精神向导，彰显出独特的魅力。

《故乡的秋夜》不是空洞的抒情，不是概略的叙述，不是千人一面的板结化语言，而是有了作者的血肉、情思和喜好。在叙述的时候，对细节的关注，那些关键位置上恰如其分出现的细节，透着生活的烟火气，将生活的情态、人物的心理活动典型而细腻地呈现出来。故乡在眼前的场景、昔日的追忆里完成了立体的构建。

这时，对面梁上便会恰当地传过颤巍巍的一声："吃—饭—"被喊的边应声而起边嘟囔："破锣嗓子"，并顺手拍拍前面的背，"回，一会该喊了。"于是，担心被喊的也便相继收起烟锅家什起身。那些已经没人喊的，心便沉沉地失落，心里咀嚼着曾经荡气回肠的那一嗓子，嘴里却倔强地嘲笑被喊的，"一辈子被管!"

这样的细节鲜活、真实而极具生命力，冲击着读者的感官，丰盈着读者的想象，它们就像故乡衣襟上明亮的纽扣，照亮了关于故乡全部的叙述。故乡沉甸甸的分量已然于心。

忘了哪位作家说过，当你丰富的情感在一种训练有素的叙述技巧帮助下表达出来时，你会发现比你本身所拥有的感情更加集中，更加强烈，也更加感人。著名评论家楚些也说过："文学中的情感要素，必须经过过滤的环节，多内蕴于场景于细节处，而非其他。"

蒋殊笔下的故乡，看似处处闲笔，却是闲笔不闲，笔笔融进了她的乡情、乡韵，用一种独特感受的方式表现出来，异常丰厚而动人。

我在想，心里有光芒，即使脚底下的夜色再浓，而弥散在作者心中的都是斑斓。比如，忧伤的情绪，在时间的长河里，已被稀释成一段段轻微的变奏——表姐的丧子之殇、表姑的衰老之态，与曾经的美好记忆形成了强烈的对照。但这些都不影响故乡的魅力。个体的忧伤，是时间赋予每一个生命的哲学命题。在故乡的秋夜里，有袅袅炊烟，有鸡鸣犬吠，有小儿的啼哭，有庄稼汉子耕田归来的一壶酒和一份独享的惬意，有晚餐时刻家人的呼唤，有坐街老人相互间的打趣。这些在时光河里都温热未消，余音在耳，如一幅定格了的《清明上河图》，世态百相，温情而浪漫。生命缺失后的孤独与怀念，是折叠在乡魂乡韵里的一个变奏。故乡的点点滴滴，承载着一方厚重的人文色彩，让悲伤的情绪里也闪烁着一种美。

著名作家阿来说过："文学里的故乡，是一个文化地理意义的更广阔的存在，不完全是地理上的某一个地点。"蒋殊的这篇散文里，并没有出现具体的地名。那么我们可以理解为，她笔下的故乡，是一个文化地理意义的更广阔的存在。

我所读过的反映故乡生活的文字不少，同样是写故乡，让记忆深刻难忘的并不多。而《故乡的秋夜》视角巧、进入妙、布局合理，浑然天成。题材不新，但叙述极有情致，味道醇厚、令人沉醉而难以忘怀。

那么遥远，又那么贴近
——读高影新长篇小说《南宫碑》

高影新给了我一个震撼。

认识她，源于我们都在在场主义微散文群的阅评组。虽从未谋面，但对她的才华感佩良多，她是磁州窑文化学者，文学方面也是多面手，赋诗、填词、撰联提笔就来，散文、小说、评论写得耐读可品。没有扎实的文学功底，怎么会有如此表现？

两年前，影新说，她要写一部长篇小说。当时，我以为只是一句戏言，谁知，她真的付诸行动，在两年后的今天，捧出了一部 40 余万字的长篇小说《南宫碑》。

捧着这本装帧素简而雅致的小说《南宫碑》，我揣测过，它的内容是写南宫体书法艺术的，高影新会从哪个视角切入？她将以怎样的架构技巧和人物命运的把控，来完成这样一部关于历史文化的长篇小说？怀着好奇，我开始了阅读。想不到，这一读，读出了南宫体书法传人惊险曲折的人生经历，读出了影新别样的家国情怀。

小说借助于真实的存在，通过想象和虚构还原历史的风貌，着重描写了从清末到二十一世纪这一百多年的时代风云变幻下，南宫体书法第二代、第三代传人王洪钧、李鹤亭师徒艰难曲折的人生经历。作者以风雨飘摇的动荡时局为背景，将民族战争、家国情怀、爱恨情仇，巧妙地与南宫碑书法传承交织在一起，构成了一幅宏阔的历史画卷。

首先，事件架构微处着眼，宏处见义。

小说以南宫碑书法传人王洪钧、李鹤亭的经历为线索，描写他们在列强入侵、国家危急存亡之际，不仅坚守南宫碑精神，创新发展书法艺术，而且用行动追寻革命理想。如，早期敬仰孙中山的进步思想，抗战爆发后，积极参与抗日救亡活动。王洪钧一直想寻到那批宝藏，把它们捐献给担当民族大义的孙中山先生。而李鹤亭则不顾生命危险，去双台村送信，为救二宝和护送八路军急需药品过关，亲自到莘县拜访警察局长的父亲，后来又为新政府秘密运送钞票印刷刻板，利用野田秀子获取进矿山的通行证，为给八路军顺利运送铁矿石提供帮助等等，无不抒发了他们憎恨侵略者，积极投身保卫祖国的战斗情怀。正如南宫碑第四代传人李守诚所言："南宫碑不仅仅是一种书体的技法，更是一种书法的精神，这种精神广博深邃，并不仅仅局限于方寸笔墨之间。"我想，这也是《南宫碑》这部小说的立意所在，真实地再现了南宫碑广博深邃的精神境界。从这里，足以看出高影新具备把控全局的小说架构技巧，做到了微处着眼，宏处见义。

其次，语言清新灵动，铺排有致。

一部作品呈现在读者面前，能否引起读者的兴趣，语言文字是第一关。我在读《南宫碑》引子的时候，就被影新的文字折服了，干净利落，用词考究，叙述有致。如引子里对时令的交代，"一个冬天没有下雪，空气干冷干冷的。腊月初八，吃罢午饭，天色开始变阴，空中铅云堆叠，沉滞欲堕，想来这一场大雪是要赶在年前到来了。"再如，"西安城内西街一所有些陈旧的宅院。院子不大，前后两进。前院空荡荡的，后院是正房和东西厢房。房檐下挂的旧灯笼被摘下来，堆在了地上，被风吹得滚来滚去。院中一棵高大的槐树枯枝虬干，叶子落光了，风穿过树杈，发出低沉的响声。"浓墨渲染时令景象，娓娓介绍居住环境，随着特殊人物李经述来造访，"一辆马车静悄悄地停在了院门外，车上下来一位三十岁左右的男子，中等身材，深情内敛，眉宇间几分书卷气。虽然轻车简从，穿着便装，但一看这周身气度，便可料定此人绝非等闲。"还有，"下车后，男子望着眼前这座简陋的府邸，脸上显出一丝难以觉察的不可置信的神色。随即看到门额上'智圆行方'四个大字，沉郁雄浑，气象傲岸。仿若潜龙之吟，卧虎之啸。当世之人，除了他，还有谁能写出如此风骨和气度？"小说运用清新灵动的语言，铺陈叙述，通过对环境的精雕细画，间接衬托出即将出场的张裕钊身份的特殊。人未见，风骨气势已显；未多言，生存境况已了然。以此可看出影新轻松驾驭语言的功力，为小说成功塑造张裕钊、王洪钧、李鹤亭等南宫体大师的艺术形象，发挥了不可小觑的渲染力量。

第三、细节饱满，人物形象鲜活。

细节的力量，决定着艺术真实性高度。高影新深谙这一道理，也在小说中体现恰当。从环境描写，到人物着装的描摹，再到人物神态的变化和心理活动的刻画，饱满的细节描写，丰富了小说的内涵。如有关秀妍的着装，"长袄前襟上用垫针绣技法绣的几枝垂丝海棠，粉嫩的花瓣，蕊丝娇黄，随着女子脚步的挪动，水波样颤动着……"还有，大门前一位孩童剪马尾巴毛，自制毛笔在地上练习写字的细节，既丰满了故事内容，又是对李鹤亭登场的渲染铺垫，不经意间对一个自幼仰慕书法、肯动脑筋善变通的主要人物李鹤亭的性格特点作了交代。还有，李鹤亭到莘县拜访警察局长的父亲一节，描写得特别生动传神。文中这样的细节描写很多。

小说还巧妙揉进很多地方文化元素，体现了浓郁的地方特色。《南宫碑》以南宫体书法的传承经历为线索展开叙事，它的承载量很大，无论是历史文化方面一些历史人物、历史事件的涉及，还是政治方面的时局动荡，再有当地风土人情方面的叙写，如百天抓周、小年祭灶、上梁民俗，地域特点如典故"紫气西来""二度梅"，还有丛台、磁州窑、赵王陵、大名故城、响堂石窟……将百年历史和地方文化有机结合，展示了邯郸悠久、深厚的文化底蕴。很多典故作者信手拈来，交代得条理清晰，叙述有致。可见作者有丰富的知识储备，如果没有一定的历史文化知识积累，没有对南宫体书法艺术的深厚了解和系统研究，没有丰富的地方文化积淀，很难完成这样的长篇小说。

　　这是高影新的第一部长篇小说，成功之处很多，不足之处也在所难免，如写情感部分的文字有点羞涩，不够大胆泼辣。章节之间，若能增加悬念，紧扣读者的心，会更好。

　　这些都不影响我喜欢这部小说，读完后有几天沉浸在小说的情境里，不愿走出来。大名府、朴善堂，响堂山、双台村、紫山、丛台……如电影镜头般在脑海里轮番上映，令我回味无穷。故事仿佛发生在昨天，故事里的人物似乎并没有远去，也的确没有远去，李鹤亭就是本世纪七十年代才去世的。尤其读到最后，高影新夫妇竟然是《南宫碑》书法第四代传人李守诚的弟子，李守诚先生依然健在。我都有点激动了，高影新在老人有生之年完成这部长篇，意义非凡，情怀深远！

风物长宜放眼量
——读张炳吉散文集《乡关路远》

打开一本书，如同打开了一扇人生之窗。

读作家张炳吉的散文集《乡关路远》，仿佛随他一起来到了他的老家，来到了他童年、少年居住的故园，看他的调皮、顽劣，和他一起体验故园之趣、之乐、之恋、之情。

开篇《童年的小油灯》，作为告别一个时代的信物——小油灯，在现代文明快速发展的进程中，早已不知踪影，但深藏于作者心中的记忆从未走远，确切地说，它是返回童年时光的入口。随着寻找的线索，作者童年的往事被一页页翻开，"一盏昏黄摇曳的灯光悠然地在我脑际飘摇开来，那憧憧的灯影、轻摆的灯苗，正是伴我生长的那盏小油灯。"母亲在油灯下缝补衣衫的情景，讲故事、唱歌、演"手戏"；晚自习的油灯下，老师的身影、同学滑稽的样子，还有祖父夜间喂牲口，不断起来为牲口添加饲料的忙碌身影，一桩桩、一件件往事历历在目，温馨的场景历经漫长岁月而不褪色。"在这个地方，早早学会了勤劳，更学会了'慎独'。"小油灯虽然找不见了，但"它就嵌在我的脑海里，印在我的心坎上。"

记忆温暖人生。人和树一样，是有根的。根就是从小生长的那片热土。读《乡关路远》，让我们随着作者的文字，走进了他人生的轨迹。从离开家乡出来求学、当兵、工作，他恋恋不忘的是家乡的山水、故园的风物。一山一水、一草一木、一物一事，寄托了他对人生的回首、对故乡的怀念、对世事的思考。哪怕是一盏小小的油灯，都能使他铭铭不忘，时常唤醒他对过往的追忆。笔下风物，件件是宝，从他的深情描写，足以窥探到他温暖细腻的内心。我在读的过程中，常常掩卷思忖，谁说男孩子的感情是粗线条的？张炳吉不失男孩子的淘气，不失军人驰骋疆场的大气，他拥有观察事物细腻的心思、敏感的体悟，还有深情的依恋。男儿有泪不轻弹，那是未到动情处。对母亲、对父亲、对祖父的追念，蕴含在字里行间，让我们看到了作者对父母、祖辈的敬仰之情和柔软之爱。

对生活、对事物的细心观察，使张炳吉积累了大量的人文素材。全书共收录 99 篇文章，分为六辑：第一辑故园风物，第二辑走笔悟道，第三辑山水印记，第四辑都市掠影，第五辑史海寻贝，第六辑人性漫笔。细细读来，文笔朴素，情感真挚。从容不迫的叙述中细节饱满，白描中不失幽默，一些趣事常令我开怀不已。《乡关路远》是一本哲理蕴藉、情怀激荡的散文集。作者时时处处对生活的观察与感悟，在他的笔下形成了粒粒珍珠，哲思慧悟充满字里行间。让我情不自禁联想到，作者就像那海滩上捡贝壳的男孩儿，生活之海潮起潮落，潮来，迎之；潮落，启思。用"风物长宜放眼量"概括他的创作，正是因为有了不同的眼界、眼量，而使他的创作思想日趋深邃，文笔更加娴熟。相信今后会有更多的佳作呈现出来，更多的珍珠亮闪眼前！

没落乡村贵族的挽歌

——读张生全长篇小说《最后的士绅家族》

《最后的士绅家族》(广东人民出版社 2017 年 4 月版),是作家张生全的一部长篇小说。内容反映的是民国军阀混战背景下,位居蜀地洪雅县的一乡村小镇——柳江场,以"柳、唐、曾、江"四大家族为代表的士绅家族,为了争夺税捐征收权利而进行的明争暗斗。小说深刻揭露了乱世之中民不聊生,军阀、县衙、土匪、士绅是层层压在老百姓头上的山,这些拥有着统治权力的官绅们,相互倾轧,彼此暗算,而最终逃不脱被盘剥、被压榨、被草菅人命的,是最底层的老百姓。一曲时代的悲音,一首没落乡村贵族的挽歌。让我们看到了旧中国封建体制下乡村士绅之间尔虞我诈的残酷现实,以及冠冕堂皇打着"诗书文化传家"或"恭善持礼"的幌子下暴露出的人性疮疤。生动呈现了一幅近代乡村税捐经济图。

小说一开头,以柳江场李二娃的茶馆为背景,让当地士绅、官府要员以及军阀头目——粉墨登场。首先是"柳、唐、曾、江"四大家族当家人——柳老太爷、唐八太爷、曾五太爷、江三太爷，然后是洪雅知事高德仁、县经征局长胡知廉、县警察局长钱尚武、柳江乡长孔亦多等等。随着时任五省联军副参谋长职位的柳老太爷的大儿子刘正刚回乡省亲，从他倡议对御桥重新命名开始，士绅之间的彼此不服、暗中较量拉开帷幕，县、乡、官府人物见风使舵的势利巴结丑态也跃然纸上。而随着小人物杨四娃的告状，上演了一场税捐征收权力的争夺闹剧。

柳江场，这个偏僻的小镇，可以形容为大社会的神经末梢，从这里，我们不难看到军阀混战的近代中国税捐体制的现状和腐朽。各色人物在谋取权力、地位、利益等等中的绞尽脑汁和不择手段，也像一面多棱镜，折射出了社会的动荡局面造成人们道德文化的不堪一击和浮于表演，暴露出人性的丑陋。作为士绅代表的柳老太爷，依仗混迹于军阀门下的大儿子刘正刚，满口诗书传家，声声仁义道德，却是一个披着画皮的伪君子，在作者层层设置的纷纭画面中，渐渐露出狡猾、利欲熏心、依势作威作福的伪善本性。唐八太爷更是，门上挂着"恭善持礼"的祖传匾额，干的却是坑害百姓的"大小斗"勾当，在被免去税捐征收的权力后，急于夺回，背后使坏贿赂棒客李光头给刚刚接手征收任务的曾五太爷下单子，使得曾五太爷所受阻挠多多，根本无法完成任务。不幸的是，唐家儿子唐震川又假扮棒客劫持曾二少爷，试图挑起曾五太爷家族与棒客之间的矛盾，不慎在曾五太爷要与李光头会面的路上，被曾五太爷识破，唐震川狗急跳墙枪杀了曾五太爷。此案在即将被查出来时，唐家又舍卒保车残忍杀害了一直忠心于唐家的大管家独眼龙。难怪最后被钱尚武一枪把匾额上的"善"字打出了一个大大的洞。确实是极大的讽刺！还有曾五太爷的小气抠门、江三太爷的趁火打劫……个个形象鲜明，情节曲折，引人入胜。

小社会的闹剧，牵动着大社会的神经；大社会的动荡，又反过来影响着小社会人物的处事方式。柳家大少爷柳正刚这个人物就是联系大小社会的纽带。柳江场其他人物的阴晴变化、蝇营狗苟，无一不受着他升迁或被屠戮的影响。可以说，他是柳江场的晴雨表。透过他的忽现忽隐，柳江场的政治风云也就诡谲多变了。无论是当初江三太爷想与柳家攀亲家，还是后来柳老太爷主动提出与江家结亲，不同时期各自不同的态度表现，就是时局多端变化的侧面印证。人心的向背，态度的亲疏，均与权势的更替息息相关。以此，我们不难看出家国动荡下人心的叵测与挣扎。

想说的是，书中底层贫苦人物的代表杨四娃，其就是这个黑暗世道的牺牲品。他有胆量有骨气，却难以逃脱被利用被残害的命运。小说开篇，他揭露唐家在税捐征收中使用"大小斗"坑害百姓，极力拥护柳老太爷接替唐八太爷的税捐征收，已经得罪下唐家。后来又指证伪扮棒客的唐震川杀害曾五太爷一事，致使穷凶极恶的唐震川把他打残，变成瘸子。而这些，又何尝不是被柳老太爷利用造成的？文中不直接描写他的胆量来自何处，却从台会上他喝了酒骂柳老太爷，以及被柳四少爷殴打中说出的话，间接地揭示了他被柳家利用后又被无情抛弃的命运。当他渐渐认清柳家的本质，向世人发出自己的呐喊，最终被柳四少爷活活打死。这就是底层百姓所遭受的残酷命运，声声痛楚，字字血泪，直指士绅们伪善面具下人性的丑陋。

可以说，这部小说演绎了一曲时代的悲音，是一首乡村没落贵族的挽歌。作者超强的架构能力，人物形象的成功塑造，符合人物身份的对话描写，明暗线巧妙交织，使得小说读来画面感很强，结构立体而内容丰富。不愧是一部揭示近代中国乡村税捐经济体制的经典力作！

于寻常中见奇崛
——浅析周闻道散文中意象的营造

　　周闻道在《浅谈散文的意象》一文中提道：作为语言艺术的文学，是通过形象表达意义的。古人认为，意是内在的抽象的心意，象是外在的具体物象；意源于内心并借助于象来表达，象是意的寄托物。意象在文学创作中具有重要作用，可以说，意象营造的成败，是作品成败的重要标志，也是衡量作品审美价值的重要标尺。

　　结合周闻道的散文佳作《轻轻拾起成吉思汗的神鞭》《岷东有帆影》《泸州有数》等，我想谈谈自己对这几篇散文意象运用的理解与感受。

　　《轻轻拾起成吉思汗的神鞭》，题目新颖别致而富有张力。成吉思汗，神鞭，轻轻拾起。与其说，是成吉思汗这个名字的耀眼光环，不如说是他的神鞭激起了我的好奇。在成吉思汗扩疆掠土、马上厮杀的光辉一生中，他的神鞭起了怎样的作用？在过往读过的书或看过的影视剧里，只是把它作为一个道具的标配，挥舞在主人公的麾下，与他的征战刀光连在一起，呈现的都是冷兵器时代北方草原民族的"仇"与"恶"，并没有突显出它人性的"善"与"爱"的不同凡响意义。但是，在《轻轻拾起成吉思汗的神鞭》一文里，如相机对焦般锁定的这个小小物像，让读者格外关注起来。这条神鞭，如一盏烛灯，吸引我缓缓走进一个神奇的"洞穴"，在渐渐走寻中，忽然灯花骤放，点点光束穿越历史纵深之墙，最后又凝聚成一束耀眼的光影划过上空，直达人性深处，震撼灵魂。

神鞭，成吉思汗一生握在手中不离不弃驰骋疆场的马鞭，在这里，已赋予别样的意义：可以理解为权力的标配，也是战争与厮杀的符号，还是一代天骄精神意义上人格魅力的某种象征。这个意象选择得如此贴切，出神入化，真可谓微处落笔，大处写意。一条神鞭，牵动的不仅仅是一段草原的历史，更是成吉思汗征战南北的精神之象。从最初的复仇，到拓疆扩土，借道西征，再到高奏凯歌、班师回朝，"大汗和他的大军，经过了鄂尔多斯"。恰恰是这一经过，让从草原出发，一生刀光剑影，只看见仇恨、只知道厮杀的大汗，瞬间被鄂尔多斯超然的俊美震慑了。俊美的环境摄入大汗之目，把既有的神鞭意义颠覆，变成了一把以柔克刚的利刃——阳光、白云、苍鹰、煦风、青草、舞花、飞蝶，"牛羊游弋于树草间，湿地旁，悠闲地觅食，动物与植物间，不是简单的相生相灭，而是一种生命的亲近与承接......"这天然柔和的大美，如神性的召唤，催生了大汗的神思和顿悟，对神鞭与征战有了新的定位：不是为了征战而征战，为了厮杀而厮杀，而"是为了消灭仇恨、消灭邪恶、消灭扩张；是为消灭征战而征战，消灭厮杀而厮杀。大汗的心里，拥有了更多的从容。"

鄂尔多斯，这个特定的地域，它的美丽如神的魔力，不仅吸引了大汗，震慑了大汗，让他的雄师驻足，而且激活了大汗人性深处的柔软，收留了他漂泊无定的灵魂，赐予他更包容的胸襟，更宽广的视野，更俊美的大善大爱。于是有了大汗深情的演讲，有了厮杀的草原之后诞生的一个统一民族的代代和睦繁荣。鄂尔多斯也因此有了无上的历史厚重感。

文章那种自然、富有哲思的语言风格，那种纵横驰骋的联想，那种通过叙事所表现出来的对社会和生命的穿透力、扩展力，其精神意义给予心灵的撼动和文字内涵带来的审美让人回味无穷。我知道，这样的文章读一遍、两遍，远远不够。时不时想起来就读读，每读一次就会有一次新的发现。

《岷东有帆影》中的核心意象是帆影。作品从具体的物像——岷江中的帆影入手，进入一次次人生梦想的追求，以及对城市建设的审视，一步步赋予了帆影新的精神意义。帆影起源于童年，"童年的梦，是一种记忆经典，被岁月风化，沉淀成精神标本。帆影是其中最珍贵的一页。它总与故乡的油菜花、白虎岩、思蒙河，还有乡情俚语联系在一起。稍不留意就返回去了，回到了帆影。"那牧牛草坡上躺在白虎岩上的"我"，就在一次不经意的辗转反侧瞬间，远方的帆影出现在视野。那遥远的平原尽头、山脉之前，平平缓缓滑行在地平线上的帆影，成为童年的一个谜。接下来，由帆影引出的县城——"农门"之外精神的高地与远方。那里不仅有可望而不可及的城市生活，还有恢复招生的"崇本中学"，有改变命运的万人拥挤的独木桥。庆幸，"我"成为过桥人，是第一次向帆影的走近。这里的帆影，已不是简单形而下之物，而是生活的最初梦想。之后，作者亲到岷江边，近距离接触岷江，所看到的物像是对童年梦境"远方帆影"的破解；而所思，对岸梦——成为一名正式"城里人"，端上"铁饭碗"，则是其精神意义上又一次追梦的呈现，这何尝不是那个年代很多人的梦想。

然，当"我"真正走进岷东，站在岷东安置小区的高处，以审视的姿态俯瞰这座城市的建设，一幢幢造型各异、拔地而起的楼房，再次延伸了帆影的意象。文中结尾："我发现那高处挺立的不是楼房，更像是一面硕大的帆影，正乘着祥瑞的和风，带着这片土地扬帆起航。"这何尝不是一个更宏大理想的精神原乡式帆影，是童年"城里"梦的升华！

人生就是不断孕育梦想和实现梦想的过程。城市的发展，隐喻着事业的腾飞；而在一个有梦想的作家视域，文字就是圆梦的最好方式。恰如周闻道创立的在场主义散文流派的成长、发展、壮大，势将如凌波浩荡逶迤东去的岷江上的帆影，千里朝夕，"云展帆高挂，飙驰棹迅征"。

《岷东有帆影》这篇文章的意象，作者在开篇交代了地理位置后，就指出："帆影是一个长久的存在，若隐若现，如梦似幻，在我的精神原乡里徘徊，就像血液中的血浆、血细胞和蛋白。如要解读，可从但丁、彼特拉克、达·芬奇和拉斐尔等欧洲文艺复兴大师们，与古希腊和罗马文化的经典审美中，去找到类似的原型。"就是对帆影意象的精彩诠释。

《泸州有数》这篇文章，我读了多遍，无法不为文章独特的切入视角而讶然。总在想，那个"数"，数字的"数"，一个僵硬的符号，是怎么入文，成为一篇优美智性散文的核心意象，进而成为泸州千年酒文化经典诠释的中介的？

地界岩石上的一组数字1573，竟变成了作者打开泸州这个有着丰厚历史底蕴、多元人文色彩地域的"芝麻开门"的秘语。从生活中流行的数字与运程的玄学游戏，在戏说中意外成全一桩美丽的姻缘轻松说开来；当得知1573是一种酒，一种四百年的玉液琼浆，作者沿着"数"的曲径展开想象之翼：长江之水的文明孕育，李白诗文的记载，改革家张居正的"务实"主张，从中国酿酒的历史走进世界酒文化，以及蒙军铁蹄下巴蜀之地泸州的幸存……旁征博引，洋洋洒洒，从地域到人文，从政治到历史，从战争到遗存，从中国到世界，从具象到抽象，从不变到有变，从名人到凡客，从具体酒的制作程式到酒文化精神的传承，一组又一组数字，让我们品出的是社会不同阶段的发展之相，品出的是生命的酒香。枯燥的数字，在作者笔下已成为十分灵动饱满的意象，演绎成一种独具魅力的城市精神。

作家葛水平说过：一篇文章，读者有无数进入它的路径，有各自理解它的方式与情态。而我进入周闻道散文的路径，恰恰是被他独特的切入视角、巧妙捕捉并艺术营造的意象所吸引，通过层层富有哲思和张力的叙述方式和语言，以及收放自如的结构安排，在反复品读中逐步感受到了其文极高的审美意蕴。引用作家雪夫说过的一句话："于低处仰望，于洞中穿行，于寻常中见奇崛。"这正是我读周闻道散文的贴切感受。

读文如观景，你若步履匆匆、走马观花看一遍，会因细节关注不够而难品其中美胜之味。有的文章言直意白，可以一览无余；而有的文章则属耐看型的，需多读数遍，反复咀嚼，才能品出其中奥妙。读周闻道的散文，即是如此。

那种浮光掠影看热闹、浅尝辄止读一遍的，难以领略其纵横捭阖、追源溯古的厚重文意，难以体味其巧妙的视角切入和富有张力的意象运用，反会生出晦涩感。最早读他的《庄园里的距离》，我觉得自己就像邻家孩子，趴在院墙上窥探隔壁主人，想知道他在做什么，想什么，却发现他整天迎来送往的客人，不是苏格拉底、克罗齐、詹姆斯，就是培根、伏尔泰、尼采、海德格尔、柏拉图、叔本华、亚里士多德……他们每天聊着自然的、社会的、哲学的、文学的东西，我却难以进入他们的语境。如果当时掉头离开，我可能之后再遇它们，会选择绕道而行。那么，在我的阅读里程中的艺术审美欣赏，必会少了今天的风景。事实上，像《轻轻拾起成吉思汗的神鞭》《岷东有帆影》《泸州有数》等文，我读过不下数十次。

"鹰"眼看世界

——读乔民英散文集《东方物语》

　　猪年中秋，收到河北作家乔民英的散文集《东方物语》。因其网名叫东方飞鹰，又年长于我，我就称他"老鹰"。《东方物语》，书名一语双关，东方，既含空间局域，也指作者个体；物语，思想的表达物化。

　　初识老鹰，是在 2015 年 10 月的一次"中国诗人万里行"采风活动中。来自山西、北京、河北、陕西、辽宁等五六个省市的文友，齐聚太行山红叶谷、岭子底村……后来，我和老鹰又都在"在场主义散文"平台做志愿者，他是在场特约评论员，我是阅评员。三年多来，我读了他很多在场评论。

　　翻阅《东方物语》，其中一些篇目很熟悉，如《一民西行记》就是记录那次太行山采风的，情景至今历历在目；另一些不熟悉的篇目，是记录他的身世、他的工作生活、他的经历见闻及所思所想的，闪烁着理性的光芒，可以说是一部行走世间的心灵史。在时间的注脚里，我不仅仅读到他的人生故事，更主要的是读出了东方飞鹰的人格品位、性情至上的心灵物语。真诚、朴实的感情，智慧幽默的文采，以及与文学肝胆相照的情怀。

该书共分三辑，第一辑东方人物，第二辑东方风物，第三辑东方开物。各辑中又有若干小的分类，如第一辑东方人物，以人物为线，亲人、自己、友人，加进时间、事件与怀想；第二辑东方风物，主要囊括了作者游记类的文章；第三辑东方开物，以杂论为主。他的大多数散文篇幅不长，却以鹰样的目光，敏锐地呈现自己当下的感受。一物、一事、一感想，一游、一叙、一对话。读他的文字，如同听他侃大山，幽默风趣，却不失真知灼见。不掩饰，不造作，不矫情，真挚、坦荡、去蔽、敞亮，确是真性情的流露。可以肯定，他的人生在场，他的精神从来不缺席，当然也是在场的。他思想的触角常常穿越百年、千年，既触古，也议今。纷纷攘攘的社会乱象，只要进入他的大脑"雷达区"，均会引起他的警觉，然后，发出他睿智的回声——事情就摆在那里，我看了，我听了，我有我的看法。

代自序"我的人生我的群"，以互联网时代出现的各种各样的群为切入口，讲述作者自己的人生故事。从出生、求学、工作以及后来的种种经历，作者用幽默自嘲的笔触写出大时代下自我的生存状态和困境。除了自我的状态，还有身边周遭的亲朋好友，父亲、母亲、女儿、小外甥女……皆在其笔下出场。他们是作者人生的重要组成部分，与其血脉相连。要读懂作者的人生，他们的存在是跨不过去的一页页注解。开篇《父亲的笔》，笔的意象贯穿了父亲的一生：成为家族第一个拿笔杆的文化人，成为一名乡村教师，一支灰杆白帽的上海牌钢笔，父亲不仅用它备课、写笔记，还用它为乡亲们义务写信写诉状。一手工整遒劲的毛笔字，更是父亲年年春节为乡亲写春联的"功课"。即使身患重病，也不忘为乡亲们再服务一次。父亲是一名好教师、好校长，"在师资教材严重缺乏的情况下，父亲那代人创下了至今没人超越的教学成绩，全乡不足两百个农村孩子成为恢复高考后的幸运儿。"纵观父亲的一生，笔是父亲人生的道具，"甘为桥梁，用道义之笔、情义之笔和信义之笔，辛辛苦苦、工工整整书写着自己的人生篇章。"文章在冷静的叙述中，表达了作者对父亲人格的敬仰和深沉的挚爱。《母亲的教鞭》，教鞭是母亲的人生道具。从教三十余年，几乎年年是先进，获得了"县模范教师""县人大代表"等等数不清的桂冠。她用教鞭改变了无数个孩子的命运，却对自己的孩子无暇顾及。然而，母亲评先进时的谦让之举、宽容大度之风，让他潜移默化接受着熏陶。正如他所言，"母亲不曾任教于我，却又无时无刻不在影响着我。不偷懒，不说假话，不贪便宜，求知求进，得饶人处且饶人……母亲身上的这些品质，像教鞭一样驱赶着我前行。"《撞》是母亲大度容人风范的再续，是她人格力量的又一次佐证。

在"我身我心"的几个篇幅里，作者叙述自己的人生经历、岁月感怀，坦荡率真，精彩妙句随处可见。《我是新闻发言人》将职场沉浮以及尴尬的身份认同毫无遮蔽地呈现笔端，幽默风趣，读来时不时令人捧腹，然而捧腹之后不得不去思考，作为基层百姓的我们，在社会变迁下的命运起伏和种种遭际，令人疼痛而无奈。《生日况味》《年的味道》《龙抬头》《送温暖》透过一扇扇小小的窗口，折射出社会百态，一份悲悯的情怀隐隐溢出纸背。

"我师我友"里，集结了几篇为文友写的书评，最具代表性的《从理工男到酸枣侠》，评论文字达到炉火纯青的地步，堪称力作！足见老鹰的评论功夫。

在第二辑东方风物，《南京的爬墙虎》有对历史的拷问，有对当下现实的存疑；《我和西安有个约会》《鹰与龟的邂逅》《陶山气象》等等，在历史文化的映照下，抒发了作者一份份充满哲理的忧思和超然的情怀。

读《东方物语》，精神是放松的，作者的警句好句很多。他幽默风趣的风格，常常让人忍俊不禁。有幸把他这么多年来的文章一一拜读，对他的了解又进入一个较深的层次。我再次想说，透过这本书，我更多地是在解读一个生命对世界细心的观察与体悟。他敏锐的嗅觉、锐利的毫不掩饰的思想观点，以及他对人生的思考、对生命的热爱，还有他对世间乱象的无奈，他真的像一只鹰，以鹰的目光关注着这个世界。世界是什么？是他的生存环境、他的血脉相亲、他的师友、他的工作、他的经历、他的所见所闻、他的抚古思今。我笔写我思，笔笔坦荡，字字真情。

这让我不能不想到，一只鹰的使命。鹰，凌空飞翔是它生存的姿态；傲立山巅、巡视苍穹是它自然的本能。它可能很孤独，因为生存的环境有众多的不如意。但不影响它热血涌脊，志存高远。东方飞鹰，从这个网名里，足以感受到他为自己的理想定位，多么希望自己是一只壮志凌空的雄鹰。但是，他又很低调，用心地爱着文学，用心地写着一篇篇倾注自己肝胆肺腑的文字。他有时站在山巅眺望四野，有时俯冲下来捕捉某个让他灵光闪烁的猎物，挥毫泼墨，一番酝酿，成就一篇空中的诗意。

真像资深散文评论家、《散文百家》原执行主编王聚敏所言："这将是一本绝对能拿得出手、即使与当今所有公开出版的名家和非名家散文集相比，它也是一本夺人眼目、读之不容小觑的书。"

这是东方飞鹰的第一本散文集。我已经知道，他的第二本、第三本集子也会逐渐问世……. 相信他会在文学路上收获属于他的丰硕果实。

真心地愿"鹰"眼更独到，愿其载着文学梦想的双翼飞得更高！

抽象，又如此生动精彩
——周闻道《重装突围》的叙事逻辑

作为一位非经济专业、长期不在甚至远离经济主战场的教育工作者，这些概念对我是如此抽象而陌生：供给侧结构性改革、产业转型升级、中产阶级危机、中等收入陷阱、机会成本、沉没成本等等。可在读周闻道《重装突围》时，它们不仅一个个在我心里复活起来，而且如此鲜活而生动。我相信，这就是文学与经济学结合的魅力。

因此，我也可以断定，这是一次难度系数超高的写作历险。

重装，在《重装突围》中既是一个核心意象，或者说象征主义的主客信物；又是书写对象——中国重型装备制造企业或中国二重的代名词。重装突围，是在国家战略下两大央企旗舰进行重组的巅峰之战。这场堪称中国"高端国企深化改革的一场大仗、硬仗、难仗。没有现成的蓝本可供操作，也没有成功的先例可资借鉴，一切都需要在探索实践中完成"。在场主义创始人周闻道，一次不经意的网上搜索，"一条醒目的消息，即刻跳了出来：国机二重联合重组。"瞬间激活了他敏感的神经，"仿佛有一个庄严的声音响彻在耳际：你不是倡导在场写作吗，不是强调介入现实，关注当下，体察国家的、民族的、人民的关切吗？这样的改革大举，你有什么理由回避、什么理由缺席？一位在场写作者，面对这样紧贴时代大潮的题材，如不勇敢承接，紧紧抓住，倾情投入，认真写好，还有什么存在价值？"“就这样，基于一种存在价值，一种热爱与坚守，一种责任。”（引子）他以一勇当先的文学家的担当，以洞幽烛微的经济学家的敏锐，及独具慧眼的政府官员的社会价值历史价值发现，强烈的在场介入审美本位，走进了国机，走进了二重，走进了中国央企改革攻坚战的前沿阵地……

一次与伟大时代命题相遇而又不乏挑战的在场写作启动了。

从 2013 年开始，周闻道通过两个企业的官方网站、国内外纸媒和多媒体、可获取的文件资料，一切相关的信息渠道，一直跟踪到 2018 年，搜集到了国机、二重重组的几乎全部信息。深度的采访介入，对资料全面翔实的掌握，为直抵事件的真相拉近了距离。我们从书中不难看到周闻道在分析、消化、梳理资料中表现出的深刻的洞察力、挖掘力。而如何将这一宏大的改革事件书写精彩，将枯燥僵硬的国企改革艰难曲折，转化为文学叙事和形象生动的故事，的确“艰难处处，狼烟四起，这注定了是一次富有挑战的在场叙事。”（引子）

是的，《重装突围》是一部集文学、经济学、社会学于一体的高端国企改革的难得文本，彰显出周闻道深厚超常的文学功力。他以驾轻就熟的恢宏构思、独具魅力的在场叙事，避开以人物塑造为核心的传统套路（客观局限），将笔触对准国机与二重重组及重组后的诸多矛盾纠葛，借助于矛盾构架的创作思维，从宏观到微观，从成功到失败，从大我到小我，从硬核到柔软，从眼下到未来，以“庖丁解牛”的娴熟“刀法”，以游刃有余的散文化语言，在一波一波戏剧化的矛盾冲突中，层层推进，步步突围，以情理交融的叙述，真实、完整、深刻地呈现了国机、二重重组这部时代大书的精彩风貌。无疑，这是一部极具时代纵深感、事件立体感、文化厚重感和深邃精神境界、独特现实意义和时代价值发现，及严密叙事逻辑的在场佳作！

一、"宏"与"微"的相互照应

宏观的构架，微观的钻探。《重装突围》不是孤立地写国机与二重重组，而是把国机与二重重组放在全球化产业转型的宏大背景下，"世界已跨入全球化、信息化、大数据、高科技时代。世界性的产业转型升级，排山倒海般袭来，新的危机步步逼近。中国制造业面临第二次沦陷。""转型升级，创新突围，这就是我们现在所面临的世界发展大格局。"（第一章 第五节 危机与拯救）

国机二重重组，离不开国际国内大环境，国家重装制造产业要发展，中国二重作为中国重装行业的央企旗舰，却面临商海覆舟的危险。国机眼下虽然发展势头良好，但"任洪斌已明显感到，在长期持续高速发展后，国机现有的资源潜力，已逐渐挖掘几尽，发展速度在明显放缓，利润空间在被市场不断压缩。要实现持续快速发展，就必须增强发展的后续之力，需要寻找新的战略性突破。"（第一章 第一节 大任谁担）"因应世界性经济转型升级要求，在未来，以新需求、新市场为导向，重组重构新型产业体系为目标，中国产业经济将面临一场大洗牌。"（第一章 第五节 危机与拯救）

重组，是出路，也是时代召唤。周闻道把重组放在一个宏大的叙事界域中展开书写，借助于自己长期在政府部门从事经贸工作，对宏观经济发展走势有清晰的研判，他以经济学家和社会学家的宏阔视野，高屋建瓴地对重组的背景作了充分必要的交代。使得国机与二重重组具有了广阔的时代意义、社会意义和不可替代的历史意义。

与此同时，周闻道将钻探的镜头也对准企业微观领域。当人们过多地将企业的衰败归之于体制、机制或大经济环境的影响时，一声强有力的质问："一艘央企旗舰的倾覆，问题的主因，是宏观背景和行业共性，还是自己？"然后通过同期同行业的盈利率比照，再通过造成二重腰折成因的微观钻探，一层层剖析，揭开谜团：虽然有宏观大环境市场经济对企业产品转型升级要求的影响，有供给侧结构的不合理，有体制机制的问题，但更主要的还是企业内部经营理念僵化，对宏观形势的判断失误，缺少现代化企业管理思想的引领，一系列的重大投资决策失误，管理措施不善的责任。"如果在时间的经线上，我们看见的还是二重改革滞后的步子；那么，透过企业内在的纬线，我们看见的更是令人震惊落伍后的沦陷。"（第二章 第二节 腰折的"脊梁"）作者通过"脊梁"之殇的追渊寻责，挖掘出了二重产品质量的一系列"非"化逻辑："'非'化的理念，'非'化的管理，'非'化的设计，'非'化的工艺流程和制造，再到最后'非'化的检验，'非'化的安装调试和用户培训等等，形成一个彻头彻尾的'非'化文化，最后'非'掉的，是产品质量和市场信誉。"（第九章 擦亮的名片 – 第三节 有多少个"非"就有多少个谜）让读者从错综复杂的矛盾纠葛、万花迷眼的表象中一步步看清事情发展的来龙去脉。

全书对国机和二重重组历程展开多层次多角度的描写。如电影蒙太奇般的层层推进，层层剥离，时而由远而近，时而又由近而远，时而聚焦于一个点，时而广角大视野。远处观天际风云变幻，近处观事件人情冷暖。宏观与微观的交汇，综合而系统地、全面集中地反映了重组艰难复杂的历程，并将企业改革中整体存在的问题和个体内部机制的痼疾相互照应，有理有据有节，读之，就像看一部惊险大戏，环环相扣，惊险刺激，险象环生，又峰回路转。这不仅反映了周闻道在这种庞大题材面前作为经济学家宏阔的视野、作为文学家清醒的头脑和高超的布局掌控能力、作为在场主义旗手的强大介入能力。

二、"成"与"败"的并重书写

《重装突围》写国机与二重重组的改革历程，不以人物塑造为主线，避开对改革成功人物的简单式歌颂，也避开现行体制下对政府、国企等体制人物的敏感，而是以叙事为主。作者将笔触对准国机与二重重组过程的艰难及重组后的诸多矛盾纠葛，各种历史的现实的、各样显性和隐性的矛盾，成为重装突围的一个个困局。如何解决好这些矛盾，突破这些困局，既实现国家重器的重装突围，更实现传统体制、机制、观念、思维方式、文化积习等的重装突围，是文本着力表达的主题。作者在书写这些矛盾纠葛中，将成功与失败并重书写。尤其对失败成因的深入剖析，没有简单地归结为成与败、是与非，更没有简单地扣上支持改革或反对改革的帽子，而是把他们都放置于过去改革发展的功臣，这次改革的拥护者、支持者。但矛盾又发生，且那么尖锐。不能不说，这样的矛盾更接近人性本质，也更接近艺术的真实。这也许就是真正的在场书写。在场主义倡导文学要关注当下，介入现实，体察国家人民的苦难，让文学拥有去蔽、敞亮、本真的在场精神和忧患意识。《重装突围》就生动地践行了这样的忧患意识。

如写二重，既写曾经的辉煌，关系国家安全和国民经济命脉的共和国的"长子""脊梁"，为中国重型装备做出巨大贡献，"二重的辉煌，是一部厚重的大书，每一章，每一节，每一个故事，每一个细节，都闪耀着时代的光芒，都是中国现代工业发展中不可忘记的夺目亮点，占据着国家重装出击的高地。"（第二章"脊梁"之殇－第二节国之"脊梁"）也写二重今日的窘境"明日黄花蝶也愁"，"二重有太多独一无二的拥有。然而，当这些令人羡慕，让人眼花缭乱的企业珍贵要素组合在一起，形成一个集合概念——'二重'的时候，光亮却顿然失色。那遮蔽的阴影，就像城市天空的雾霾，浓浓的，厚厚的，灰灰的，不知何处是天日。光亮的尽失，一切都变了，变了，变成了一些刺眼扎心的词：巨亏，退市，质量滑坡，银行逼债，职工发不起工资，举步维艰，前景黯然……"（同上）更对造成二重腰折的每一个失血点怎么形成的原因进行剥茧抽丝般剖析，去蔽、敞亮、本真的呈现，给世人亮相，具有极其深刻的警醒、警示性和社会意义！

通过这样在场客观的书写，让我们看到真正的病因："二重的问题，包括过去的辉煌、曲折的经历、今天的窘境，以及走到这一步的复杂原因，几乎囊括了中国国企问题的所有症候：思想观念、产业布局、产品结构、市场定位、经营理念、创新发展、管理技术，体制、机制和人，等等。能走近它，解剖它，发现它不同寻常的丰富内涵，本身就是一个天赐良机，重组成功与否都有意义。"（引子）这就是在场介入性、精神性、发现性的写作意义。而写重组成功后的二重，"二重昔日的科学化、精细化管理终于回归了。降本增效的触角，延伸至企业再生产过程的每一个环节、每一个细节。"

写国机也是，曾经的式微，之后的兴盛，未来的挑战……

成功的歌儿好唱，而失败的探微，如悲剧的意义，"将美好的东西撕碎给人看"，也如警钟般鸣响，令人警醒，给人血的教训！这正是在场写作追求的呈现真相。以此为鉴，更显成功的不易。

三、"大"与"小"的灵魂撞击

国家任务下国企特别是央企的大义担当、"大我"的情怀，与企业自身利益、个体利益权衡的"小我"博弈。

任洪斌接受这项庄重的国家任务——兴旺国机与濒临沉没二重的重

组，艰难程度绝非常人所想，连任洪斌也没有预想到，重组过程中出现的问题，如海啸山崩来临般应接不暇。他们仿佛不是去重组一个央企，而是去拯救即将沉没的一个企业版的"泰坦尼克号"，步步维艰、如陷泥沼。可任洪斌迎难也要上，上了也从不后悔。因为这是一项国家任务，一份国家责任，一种真正的"脊梁"担当，一个"大我"的在场检验。为了国家重器的拯救，为了探索具有更广泛意义的国企改革经验，当然也为自己那份深厚的企业情怀，任洪斌明知山有虎，也偏向虎山行。这样的壮举，不是硝烟弥漫战场上的刀兵相见，不是壮士断臂的慷慨激烈，却也是国家经济建设重型装备领域惊心动魄、牵动着国家神经、牵动着亿万国人和世界瞩目的大举。

而相较之下，在国机与二重重组初期，以什么方式重组，以什么名字命名，"名字成了重组谈判中争论的一个焦点。"隐藏在二重人心灵深处的共和国"脊梁""长子"意识，支撑着他们的自尊和虚幻，在利益的权衡中只想着更多"小我"的满足，而忽略大局的周全，使得重组中一些看似"简单"的谈判一次一次陷入僵局。"重装保壳，就是这场大战首当其冲的突出主题。"（第五章 第一节 重装告急）"二重的资本运作方案，正是要让国机充当这样的'冤大头'"。"出于某种思维定势，这个站在二重角度方案提出的'共享'，更多是单向的——二重迫切希望共享国机的资源，并借机特享国家的资金支持，尽快摆脱困境。"（第五章 第三节 闯不过的科斯红灯）

周闻道在客观冷静的叙事中，借助于一个个矛盾的焦点，不忘将人性的、思想的、观念的东西呈现出来，公与私的比照，让读者自然而然感受到了"大我"的境界与"小我"的狭隘。这正是周闻道在场书写的艺术魅力，让"在场体验"不断爆发出人性、情感和思想的火花。真实地再现国机二重重组中观念的冲突、思想的分歧、心理的矛盾、利益的博弈等。使得文本书写血肉丰满，真切而灵动。

四、"硬"与"软"的通感协调

读《重装突围》，常常会被两种感觉统摄：硬与软。有内容方面的，也有表现形式上的。我理解，这是一种在场的刚柔相济。

从文本内容看，硬，可以指力量、担当，也可以指个体的硬气、底气、自信、执行力等；软，则指向智慧、情感、情怀、方法。

国机二重重组，明摆着是一场布满荆棘、胜负难料而又志在必得的背水之战。任洪斌没有二话，不为善意的提醒或恶意的揣度而退却。在国家需要的时刻，为实现国家利益的最大化，"以大智、大勇、大能投入一场别无选择的关乎国运盛衰、国脉续存、改革成败的滚滚洪流"（蒋涌《心系社稷的热血书写》）是硬气；重组过程中，冲破重重阻力坚定地执行扭亏为盈、脱贫振兴方案是硬气；对深陷困厄积重难返的二重下猛药猛力拯救是硬气。正是这一个个硬气的表现，重组的堡垒一个个被攻破，奇迹也由此诞生。他的坚毅、机敏、智慧、果敢和百折不挠的傲骨是中国"脊梁"的硬气与豪迈。

但是，他又是一个有血有肉、极富人情味的领导者、企业家。面对新疆困难企业职工过年的窘迫，他流下难过的泪水；带头并号召国机集团职工一年捐出一天的工资支助贫困家庭的学生完成学业。过年给打扫卫生的清洁工留下红包……甚至为路边淋雨陌生人掷送雨伞，都让我们看到一位现代企业家侠骨仗义的柔软情怀和闪烁着温暖光芒的人性美。我们不难透过一桩桩事件的叙写，感受到这位"业界精英"的坚强意志和伟岸情怀，感受到这位企业巨子的硬气与柔软。

从表现的形式看，谈及企业改革，终究离不开两个词：盈利率，亏损率。而最能证明这两点的，莫过于数据报告。对二重严重亏损的专业认知，"透过信永中和的报告，我们看见的二重，是一副遍体鳞伤的失血之躯。"作者在剖析问题过程中，用了大量数据说明和逻辑分析，这些都难免会给人生硬之感。但是，周闻道在书写整个事件的过程中，他的散文化语言带来的软软温情，关键点上歌曲、古诗词的妙用，化解了抽象数据的僵硬冰冷，而多了一份温软的语境、心境。如用童安格演唱的《爱与哀愁》，"为我们诠释了爱的意义，爱的纠结，以及爱的悖论。从二重身上，我们不难发现其中的影子。"

周闻道从表象背后寻找文化根源："当长期的'长子''脊梁'，形成一种恒定的意识，一种文化，让神圣的责任，异化为无边的优越，爱的美丽，爱的温柔，就会演变成一种难以承受之重。就像一个温柔陷阱，不管你有意还是无意，一旦陷入，都会钝化人的锐志，消弭人的危机意识，迷惑人的判断。许多人，包括施爱之人，艳羡的旁观者，甚至最爱二重的二重人，也无法意识。没有设防，没有想到，在市场魔方下，央企命运还有另一种可能。"（第二章 第三节 爱与哀愁）

还有，对二重上层投资决策失误，周闻道这样写道："错在误把更高层面因对形势的误判，而人为释放的一剂投资激素，当成了疗治长年痼疾、促进健身养颜的灵丹妙药，一享贪欢。这不知是否印证了唐代诗人罗隐《筹笔驿》里那句深邃哲理的名句：'时来天地皆同力，运去英雄不自由'。确实是不自由了，二重。"（第二章 第五节 沉舟投资）读着，令人扼腕叹息，既为二重，也为二重的决策者。

在很多篇章开头，周闻道会引用一些古诗词，既营造一种诗性的意境，又增强叙事张力。如，"萧条秋气味，未老已深谙。二重的这个秋，是由白居易诠释的，诗歌是心灵的天使。时而阳光明媚，时而雾霾笼罩，时而秋雨愁云。果实是有的，这是一个收获的季节。但这是个歉收的年份，果子藏在浓荫深处的厂区小道里，或郊外乡野的园子，农人精心构筑的仓储里，带着几分遥远，几分神秘，还要有未知的付出。"（第七章第五节 国务院知道了怎么办）

还有用鱼骨图诠释任洪斌苦思冥想二重拯救方案及其成功实践，巧妙贯穿重组历程，把僵硬的企管理论形象化，特别生动！

周闻道优美的散文化语言，使得沉重的改革话题与诗意的哲理交融。笔力苍劲而不失柔软、细腻，论证严密而不缺浪漫温情。带给读者的是"硬"与"软"的通感协调，情与理的完美交融。

五、"近"与"远"的长足谋虑

按说，国机二重重组成功，《重装突围》就完成了自己的使命。但周闻道的目光没有在此打住，而是从"国家任务"回到"国家经验"，进一步站在世界视野和国家角度，审视这场不平凡的重组，把个体经验上升到国家层面，为正在进行的新一轮国企改革提供了启示。

周闻道从关注任洪斌的未来设想开始。

任洪斌没有满足于眼下的重组成功，他把眼光放到了未来国机重装的使命是重装国家，在"走出去"中"再造一个海外国机"。至此，重组初衷及国机的许多成功经验，比如产服结合，科技＋制造＋服务，提供综合解决方案，根据企业特别选择"走出去"方案，产融结合发挥金融杠杆在企业发展中的重要作用等，都具有了国家意义。

更重要的是，从国机二重重组中，悟出了对康德拉季耶夫定律的全新理解，并由此发现了垄断与拳头的区别。站在国家层面，市场经济当然反对垄断，但却离不开拳头。这是从中国近代史到眼前的中美贸易战中，我们都不能不警醒的一个血泪教训。于是，作者提出了在深化国企改革，实现重装突围中，铸造一个个面向或曰打向国际市场的"中国拳头"，以适应中国企业参与国际竞争的需要——

"无疑，重组的成功，既强了二重，也强了国机。这种强，已成为一种引领未来发展的引擎，没有因为重组的完成而停止，而是在这场席卷世界的经济转型升级中抓住了先机，抢占了制高点。曾经沧海，明天的阳光是新的。""中国装备制造业要傲然世界，还有很长的路要走；二重的扭亏脱困与改革振兴，也具有不同的含义，属于不同的目标。拿任洪斌的话说，真正的国机梦，才刚刚开始。国资委明确指出，二重改革振兴的关键，在于未来发展。希望国机积极探索未来的商业模式，在重装领域走出一条差异化发展道路。"（第十二章　第五节　未来不是梦）重装为武，国机出击：再造海外新国机。

圆梦的地方，也是梦开始的地方。

这场堪称共和国国企改革的经典大戏，因有了对未来的长足谋虑，显得意犹未尽而又意义深远！

周闻道在纷繁复杂的矛盾构架中，通过对这些元素的把握，生动精彩地呈现了国机二重重组的艰难历程和波澜壮阔，使得《重装突围》呈现了时代纵深感、事件立体感、文化厚重感、思想前卫感。

一部必将载入史册的中国资本市场一次成功的典型案例，也是一本践行在场主义宗旨的文学经典范本。我读过周闻道的《暂住中国》，深为他对社会事件的敏锐关注、选材视角的独特切入、对文学的大义担当而折服。今天，再读《重装突围》，他宏阔敏锐的经济学、社会学视野和不畏艰难的文学创作胆识、高雅的散文笔法，使他创作出了一部与时代风貌热切贴合的佳作。他用自己的笔为这个时代留下了非常有意义有价值的文本典藏。这又何尝不是一种情怀！任洪斌是中国重装的"脊梁"，那作为在场主义创始人的周闻道，勇于承担这样一部时代大书的高难度书写，不也是中国当代文学的脊梁吗？！

读《重装突围》，一种撞击着心灵的审美愉悦——书里书外皆是担当，纸上纸下都有"脊梁"，字里行间都是在场人文情怀。

在场写作，我们每个人都面临一次"重装突围"。

依米花的精神照视
——读袁瑞珍散文集《穿越生命》

当我知道世上有一种花叫依米花，在拜读完作家袁瑞珍散文集《穿越生命》时，对一个生命的解读有了答案——她的精神世界里不正有依米花的特质写照么！

2021年1月18日，我收到了一份来自成都的邮件。打开邮件，是袁瑞珍老师送我的散文集《穿越生命》。那段日子，我正为生病的妹妹焦灼地奔走在医院里，担心、焦虑、恐惧、希冀交织成网，主宰着我日日的情绪。在我后来打开散文集，阅读首篇《穿越生命》时，所有人类在灾难到来时情感的曲折起伏，我们出奇地共鸣了。我几次读得热泪盈眶，和作者一起痛、一起祈盼、一起穿越一段生命因遭遇突变而难耐的时光。

散文集第一辑爱的礼赞，就是长篇散文《穿越生命》。这篇长达六万字的纪实书写，作者以娴熟、清晰、客观、条理，饱含挚爱、满富深情的笔法，详细记叙了她的外孙女璐璐患白血病，全家奋力拯救而无效不幸夭折的整个过程。叙述方式围绕璐璐生病的过程展开，真实地记录了璐璐与病魔做顽强的斗争和所有关爱璐璐的亲人、朋友、医务工作者们一起与死神抗争，穿越生命的无疆大爱。

如作者所言，这是一场与疾病赛跑，与病魔争夺生命的战斗。作者独到的写法，紧张、悲壮、惨淡，却不失温情。一面是美好的展示——璐璐品学兼优、生性聪慧可爱；一面是孱弱生命被折磨、被病魔狠心地一步步掠走的客观叙写，笔笔见血，字字惊心。上帝曾垂爱人间，让天使般的璐璐降临，璐璐的优秀、可爱，非寻常孩子可比；可上帝又是如此狠心，让这么卓越的孩子偏偏患了不治之症——白血病。而且不顾璐璐对生的渴望，不顾众亲朋拼尽全力的截留，决然带走璐璐。一朵带露的花蕾还没来得及绽放，就被无情的暴雨狂风折断了花茎，让她的亲人们如坠深渊。灾难到来时的炸雷轰顶，生活一下跌入恐慌不堪的境地，璐璐的亲人们从医嘱里寻找哪怕有百分之一的拯救希望也要付之行动。而年幼的璐璐更是以超顽强的毅力，与病魔抗争。当璐璐听到一个孩子的死亡，第一次真正闻到死亡的气息后，"在接下来的化疗中，不再哭闹，吃东西吐了后漱漱口再吃，吃药吐了后再接着吃；个人卫生也不需要人督促，自己就会自觉坐盆消毒，尽管戴口罩很不舒服，也坚持长时间地佩戴口罩；连她最害怕的'骨髓穿刺'和'打鞘'，也不需要成人陪伴，而是自己走进治疗室接受手术。手术中不仅配合医生护士，而且咬紧牙关不吭一声，最后连做手术的女医生都感动不已：'张璐璐太坚强了，坚强得让我都不忍下手！'说这话时，那个女医生眼里包着一汪泪水，几度哽咽——有时候一个孩子的坚强会戳痛人心底最柔软的爱的触角。'"然而，灾难还是无情地一点点地吞噬着人们的希冀，最后亮出了底牌——"伯基特淋巴瘤"，这是白血病中最难治的一种。抢救过程的节节败退，让我们感受了美好生命被绝情掠走的心痛！

我试图想把这篇文章内容归于悲剧，但好像不全是。单说璐璐的夭折是人生之大不幸，而发生在璐璐生病过程中周围人对她关爱有加的诸多事件，又充满温情。所以，不能单纯地当悲剧，准确来说，是人生的正剧。喜中掺悲，悲中有喜，生活的诸多滋味皆在其中，人性的光芒闪烁其间。我每一次热泪盈眶，既为璐璐的不幸而难过，又为在抢救璐璐过程中，不同人物在不同角度表现的义举而感叹，芸芸众生，关系微妙，却为了共同的目标走到一起，和谐共融，大爱无疆！

每个人的表现，妈妈紫影、继父伍忻诚、生父张翼、外婆外公、奶奶和姑姑、小姨和姨夫、紫影的好友王峰、女婿的妹弟段绍均、家里的保姆、北京的出租车司机金涛、几个医院的医生护士、北京盛诺一家医院管理有限公司的蔡总等一干人，无一不在关爱着璐璐，无一不在参与这场抢救璐璐与生死抗争的战斗。继父伍忻诚的表现尤甚，从知道病情后便不惜一切代价拯救，整个过程中想别人之先，付行动之实，所有人都看在眼里。而璐璐生前坚决要姓他的姓——伍，就是最好的说明。他的所做令出租车司机金涛感动，令妻子的前任感动，在病房外，忻诚和张翼不期而遇。这是他俩的第一次见面，尽管有些尴尬，但随着两人的手紧紧相握，两个男人的心因对璐璐的爱而连在一起。张翼握着忻诚的手，说了声："伍哥，谢谢你为璐璐所做的一切！"忻诚笑笑，使劲握了一下张翼的手说："不用谢的，我们都是璐璐的父亲，我们都爱她，目标是共同的——不惜一切代价救她。"这个父亲为救女儿还真是豁出去了。"这有什么，都是应该的，既然璐璐叫我爸爸，我就得承担起做父亲的责任。但愿能挽救璐璐的生命，我们一家人能好好生活在一起！"这是一位善良仁义有担当的继父。

作者以自己敏锐的目光和一颗感恩的心，捕捉着人生变故里的点滴温暖。在这场灾难中，作者经历着将失去爱孙的恐慌和心痛，尽自己的力量帮助着女儿一家。但不难看出，她比其他人更多了一份细致的观察、细微的体谅，以及纷繁杂乱的情况下镇定处理事情的智慧。当特殊的年夜饭在北京的一个宾馆里进行，"我看着忻诚，看着女儿，看着张翼，看着屋里所有的人，看着他们脸上流溢出的真诚与善良，一种温暖的情愫如花儿般绽放。它让我体味到真诚与善良的美好，又透过这美好还原了爱与善良所蕴含的意义：一旦我们把爱、真诚与善良给了别人，自己也会收获生命的美好！"这样的感恩之心，在其他的章节里也有体现。这是一种可贵的心态。正如她在文中引用普兰斯特·马福特说过的话："一个人若是一直想着人生的黑暗面，不断地活在不幸和失望中，就是在祈求未来有着相同的不幸和失望。"而她自己所言，无论我们遭遇了什么，都要保持一个好的心态，这样你就不会过分地活在悲痛中，而是以阳光的心态去面对突然而至的打击和苦难，你就是自己命运的主宰者。这不正是依米花顽强不屈的精神写照吗？对人们善意善行的随时捕捉，不正如依米花在干燥的沙漠里寻找水源，然后一点点积聚养分的过程吗？

麦家说过：作家要深入生活，去伪存真，要挖掘、拓展精神的深度、广度，展现人心深处的亮光，获得一种能在困苦中站立起来的精神。散文《穿越生命》很好地体现了这一点。

作者的这种阳光心态，在其他的篇章里也有不同程度的体现。如散文集第二辑悠悠心曲，《飘落在田野中的青春》记载了一段知青岁月，叙述了特定时期的特殊经历。在这段知青经历中，我们读到的不仅仅是艰难岁月的描写，还有青春奋斗的激情，生命在低处的坚韧、顽强、上进，以及对生活的拳拳热爱与浪漫。人性的善与美，同样体现在袁瑞珍良好的待人接物中。如，她和农民的关系相处融洽，"生产队出工，队里的男男女女特别是年轻人大都喜欢和我一起干活，因为我从不偷懒，还能边干活边给他们讲故事。这在当时农村缺少娱乐活动的情况下，也算是一种精神享受。""有时下雨天不出工，生产队长便把上面发的文件交给我，我便挨家挨户给他们宣讲文件精神。"还有，谁家自留地收棉花或麦子她去帮忙，队里分给她的红苕也送给农民喂猪。她的付出同样获得了大家的善待，生产队里有人杀猪吃肉都会请她去打牙祭，在评工分上也给了她充分的认可，后来还被评为公社的"五好知青"。

再有，多年后，在街上突然遇见卖红苕尖的丁队长，这时的丁队长

"已是满头白发，背有些佝偻，脸上满是皱纹，表情有些迟钝，当年那个飒爽英姿、做事风风火火的女能人的形象已不见了踪影。"原来，丁队长的丈夫早已去世，唯一的儿子又精神失常，靠低保生活，日子过得很清苦。此刻，"我将她的红苕尖全部买下。"这是一种发自心底的体恤、一种不动声色的帮助。这样的善意是人性深处的光芒，构成了作者无论经历怎样的岁月，都不会忘却善良的美好。在第三辑山水行吟里，我们也不难发现作者对一切人、事、物中善与美的敏锐感知和捕捉。因而，不失温情使这本散文集充满暖色格调。如，即使在艰苦的农村生活，"我把房间收拾得清清爽爽，卧房桌上在用过的玻璃输液瓶里常年插着我从田间地头采摘的野花野草或树枝，这给我的小偏房添了些鲜活的气韵。"这些微小的细节，展示了一个人对生活的热爱和不竭的审美追求。在她的另外篇章《住房之梦》中，也有表现。

生命，长长短短；生活，起起伏伏。活着，经历自己的人生，也穿越他人的生命。在阡陌纵横的红尘里，能够保持一份清醒、一份执着、一份热爱、一份感恩，宛若生长在非洲戈壁滩上的依米花，靠着唯一的一条主根，孤独地蜿蜒盘曲着钻入地底深处，寻找有水的地方。"那是一个需要付出顽强努力的过程。一株依米花往往需要大约五年的时间在干燥的沙漠里寻找水源，然后一点点积聚养分，在完成蓓蕾所需要的全部养分后，在第六年春，才在地面吐绿绽翠……"

用五年扎根、第六年吐蕊、两天的花期，在非洲干旱烁热的戈壁滩上，这是一个多么艰难而又痛苦，多么执着而又热烈的生命历程啊！这确实是一种生命的极致。如果用"五年扎根"来泛指人一生的努力，那这样的生命何其不会绚烂，又何其不受人尊重呢！

依米花的精神照视，是对生命厚积薄发的重托，是对灵魂向阳成长的礼赞。这也是这本散文集给我铭心的印象。

一部史诗般的文学传奇

——读马平长篇小说《塞影记》

第一次读作家马平的长篇小说《塞影记》，就被其独特的架构艺术、清新典雅意蕴丰厚的语言风格、条理有序错落有致的叙事逻辑所折服。打动我的不单单是离奇的情节，更有作品精湛的艺术魅力，让我掩卷难释，久久回味。

《塞影记》在时间轴上，以百年风云变幻的时代为背景；在空间域里，以巴蜀乡村的一所要塞——鸿祯塞为锁定的主场景，以包家大院、黑松林、红石沟、水库等为副场景，以雷高汉的人生经历为主线，以现代元素——"我"的采访介入为桥梁，在时光对流、空间交叠中，通过虚实互映、意象铺陈、人物塑造等手法，完整地构建了一部史诗般的文学传奇。

小人物，大故事，108 岁，浓缩了一个世纪的曲折坎坷、冷暖人生。鸿祯塞影，也是时代之影、人生之影、情爱之影……以小见大，世界的模样在微观中精彩呈现。

一、以人物为"桥津",意外邂逅,开通今昔对话

小说在讲述的方式上,借力于三个重要人物发挥"桥津"的作用,他们是作家景三秋——即"我"、陪侍温寒露、主人公雷高汉。讲述的线索有两条:一条是"我"与温寒露的交往;一条是"我"与雷高汉的交谈。前者是一条辅线,为鸿祯塞的故事搭建入口;后者才是小说的主线,重点讲述主人公雷高汉的传奇人生经历。本是来看油菜花海兼进行创作的"我",因网上查找民宿,找到了"喜鹊小栈",无意中耳闻了"鸿祯塞",引发好奇,而温寒露误以为"我"就是来写鸿祯塞的,于是有了系列的交往。这样,误入正撞,开启了对鸿祯塞的探秘之旅,开通了"我"与主人公雷高汉的今昔对话。小说在回访与讲述中,双线并举,真实与虚构交织。

作家景三秋是采访者、倾听者,也是故事的讲述者。他身上掺杂着作者的影子。小说通过他个人经历与文学虚构分合交叠,既有冷静的抽离味道,又有及时融入探秘雷高汉人生故事的交集情状和情感共鸣。文本的呈现——意外的邂逅,启动了一部人生大戏的书写。犹如农民种地意外发现了某个历史时期的遗片,引发了考古学家的关注,顺藤摸瓜挖出了惊世的考古遗址,成就了一个重大的发现。

温寒露是故事中的角色之一,也是整个架构布局中影响开合的重要联络者。当"我"问及温寒露的身份,"你是他的秘书?"温寒露说,"我是保姆。""我"又问:"他没有亲人?"答:"或许有。"当故事进入尾声,一切身份大白,兜兜转转一大圈,她潜伏案底的身份是梅云娥的女儿金海棠的女儿邬红梅之女,也就是雷高汉的重外孙女。这位人物设置的作用,就像开启鸿祯塞秘史的联络员,承接着今与昔的对接使命,在时光的对流中,让虚构更接近了真实化,给人很强的现实感,也让鸿祯塞的故事立体起来。

雷高汉是鸿祯塞的标志性人物，是故事的主人公，也是故事的主要讲述者。作家"我"、温寒露、雷高汉，他们联手成为开启和通向鸿祯塞秘史的桥津。

二、以场景为"导航"，切换时空，进行立体架构

小说整体的结构设置，以双线推进，现实的定位与历史的场景交替呈现。

《塞影记》的目录共十三章，其中，除第十三章红色皮箱是物件外，其他十二个章节均是地点，而这十二个地点，有现实的空间，有历史的场景。如，现实中有"我"探访足迹的是玻璃屋、喜鹊窝、田庐、秋千；故事里的场景，则有暗道、戏台、天井、黑松林、瓦房、望哨楼、井、水库；而望哨楼、井、水库，承接着过去与现实岁月的体温，古今交叠。小说配合着两条讲述的线索，以场景为"导航"，切换时空，进行立体架构。

小说地理位置的呈现与故事的讲述交相辉映。这种带有实地考察性质的叙述方法，让场景具有了现实与历史的交融感。现实的空间里，"我"和温寒露的聊天、寻访，轻松的气氛下像一篇篇游记散文；而故事的演绎在历史的空间里负重前行。这种虚实交叠，拓展延伸了小说的叙述空间，增加了结构设置的跳跃性。

很佩服作者场景描写的功力。他设置场景与读者的见面，把控着讲述的节奏不急不缓，从容开合。如，鸿祯塞的出场，"我"对其地理位置的探寻，起笔推出远镜头，"长山丘后面冒出了短山丘。天色暗下来，我却已经看清，短山丘是一片庞大的建筑，只冒出来一个顶。那一片影子，就像昏昏沉沉的晚云……"又见鸿祯塞，画面清晰了一些，"我上了台阶，在正门前回过头去，看见那一片建筑的顶已经冒出来，平顶上面还有钟

楼一样的尖顶。"而再见鸿祯塞，"一声不吭的喜鹊窝差不多和三楼一样高，我们透过玻璃从它顶上望过去，鸿祯塞拉近了，也变大了。"这些描写特别贴合人物的认知视角和情感靠近，既有物理意义上的由远而近和空间角度的透视处理，又有作家情感意义上的渐渐融入。而当"我"走进鸿祯塞，对里面的结构布局一一察看，交代就非常详细而周全了："那座城堡一样的建筑，堂屋、厢房、厨房、粮仓、戏楼、祭祖堂、念经堂、后花园和水井等一应俱全。"如电影镜头般，鸿祯塞的风貌由远而近、高低有致走进读者的视野，让读者对鸿祯塞的好奇也跟随着"我"的节拍由淡变浓。

此外，《塞影记》场景的选取非常典型而富有象征意义。

玻璃屋，是为百岁老人雷高汉盖的特殊居所，为了让他随时能看到鸿祯塞，所以高于别的建筑，并周围安置了玻璃窗。它与鸿祯塞，是现居与旧影的隔空对望，更是一种精神意义上的坚守自重。玻璃屋象征着现实的视角，如一道光，照向历史的深处。

暗道，雷高汉人生的重要场景。是他进入鸿祯塞的入口，也是营救梅云娥女儿的出口和安葬两位情人尸骨的秘地。它是雷高汉精神世界的隐秘空间，更是他逼仄命运的生动象征。

戏台，是大户人家文化生活的标配，川剧的介入在这里体现了浓郁的巴蜀文化特色。在小说中它的作用多重——文化点缀、连接剧情、人物塑造、暗线伏笔等等。在雷高汉寻女的过程中，它寓示着人物身份的传承，梅云娥、金海棠、邬红梅都是川剧名角，温寒露也会哼唱几句《翠香记》。台上台下皆是戏，戏里戏外皆是人生。

三、以意象为"棋眼"，巧设伏笔，步步推进情节

高手谋篇，宛如棋局。《塞影记》里的意象精彩纷呈，"梅花""石

头"、"戏台""黑松林"、"磷火"等等。最典型的物件"暗红皮箱"、人名"翠香",就像一盘围棋关键的"眼",每一个"眼"设置得恰到好处,在需要的时候,振臂呼应,形成了"空",在通盘的布局中,因取势得当,环环相连,故取地丰厚,终盘为胜。

"一张木制小几也靠着玻璃屏风摆放,上面那只上了锁的皮箱很显眼。皮箱是红色的,已经转暗,但是,看它的时候也会看到屏风上的梅花,那一团红朗朗的光芒就会照耀过来,暗红皮箱就会鲜亮起来。"梅花,寓意故事中女主人公梅云娥。而暗红皮箱的出场,看似环境描写中不经意的一笔,却是作者巧设的伏笔,如一条红线贯穿了整个故事的始终。可以说,暗红皮箱是一个微型的博物馆,收藏了雷高汉一生的情感经历,是历史斑驳的缩影,是岁月沧桑的见证。"汉子大爷为我打开暗红皮箱那一刻,他的一生就算正式对我敞开。""他管控着它们的出场顺序,也管控着让自己的岁月重来一遍的路线。"这些描写,一语双关,既推进故事的展开,也暗示着小说叙事的逻辑顺序。如果把整部小说比作一盘围棋,暗红皮箱这个棋"眼"设置的太好了,一个"眼"牵动全局,里面的小镜子、题诗帕、笔记本等物件,暗含着主人公命运的起承转合,蕴藏着生命的滴答声,向读者缓缓拉开大戏的帷幕。如,题诗帕引发的识字情节,过程漫长,艰难而曲折,融进了几个女人的爱恨情长。

翠香,以人名作意象,是作者的创新和高明之处。"我"初到玻璃房,住在三楼的主人公,人影未见声先闻,"突然我听见了喊声。'翠香!'来自空中的喊声。"翠香是谁?读者不由得心生疑问。这个伏笔设置得好,随着悬念陡起,潜伏在故事里的一个个"翠香"徐徐登场:《翠香记》里的翠香,梅云娥的小名叫翠香,丫鬟丁翠香。评论家申红梅认为,被丁大爷错认作翠香的虞婉芬,也算一个,甚至温寒露也是。她解读"翠香"已为爱的概括与升华——梅云娥、丁翠香、虞婉芬,"他们都是雷高汉情爱世界中存在过的'翠香。'这三个翠香交叠在雷高汉生命的舞台上，马平把她们推上'戏台'，用她们演绎了'戏中戏'。"观点独到精辟！

《塞影记》的语言轻盈明快，诗意而富有张力，让人觉得好看又好读。那些带有通感修辞色彩的句子俯拾皆是，如"崔曼莉没入雾中不见了，只有湿漉漉的笑声传回来。"把声音情状化了。再如，"我不知道，我是否能够凭借望哨楼的高度，用文字为她们建起一座墓碑。"画面感很强又充满哲思，语言的多感表达在不同维度拓展了读者的想象空间，提升了作品的审美艺术效果。

四、以众女性为"陪衬"，交集情感，烘托人物形象

一部小说就是一张特定社会环境下的关系网。这张关系网是小说主人公成长的土壤，是人物形象塑造必不可少的 GPS 定位。

不难发现，作家马平是驾驭"关系"的高手。《塞影记》将人与时代的复杂关系、人与人的复杂关系、以及人与现实的复杂关系，在因果际遇的逻辑演绎下，如抽丝剥茧般地呈现，线索条理而清晰。

在《塞影记》里，用"夹缝里的人生"，比喻雷高汉的社会处境再恰当不过。旧社会，雷高汉是下人，后来被安排做包企鹤的上门女婿，娶的却是一个已亡的包松月。因虚挂了一个"女婿"的身份，做了鸿祯塞的"水官"，有了几亩薄地。到了新中国成立，他又被划分成富农，接受种种社会改造。历史的纠缠不清，让他卑微的身份依然卑微，尴尬的处境一直尴尬。小说深刻地表现了人与时代的复杂关系。而人与人的复杂关系，如雷高汉与包家人的关系、与童年伙伴鲁金奎的关系、以及与几位女性的情爱关系等等，小说借助于主人公与复杂现实的交锋，以贴近生活的逻辑，驾轻就熟地表达出来。每一种关系都是一层投射，为人物命运的书写、形象的塑造，发挥了不可小觑的作用。

而在这个关系网里，最耀眼的是情爱关系，几束闪烁的爱情焰火，是雷高汉坎坷命运里盛开出的美丽花朵。虽然爱的伤痛绵延不绝，爱的温馨支离破碎，但爱的延续也此伏彼起。梅云娥、丁翠香、虞婉芬，甚至罗红玉、柳鸣凤，与不同女性的情感交集，使他凄苦的生命里融进了爱的暖意。当然，这种暖意首先来自他的恩义善举温暖着周围的人。雷高汉新婚大喜之日，包松月却已亡故，这样的遭遇也算奇葩了，但他保持了自己待人接物的善意与厚道，一直孝敬丈母娘庄瑞珍，直到为她送终。"恩义"是雷高汉人格的核心魅力。这样的人格魅力，为他后来赢得几位女性的爱慕加了分。那位被他救出的梅云娥，即使成为包松堂的小妾，也心甘情愿委身于他，不顾包松堂的威胁，为他延续生命生下女儿。丫鬟丁翠霞，为帮他识字，忍着肚疼也不误课，宁愿舍掉自己性命。虞婉芬，这位有知识的女性，本是包志默的小妾，在丈夫临终前请求丈夫将自己托付给雷高汉，后来和雷高汉一起生活，为了抵抗包志卓的淫威，保全雷高汉女儿的身份秘密，不惜用衣袖不停擦拭石头上的字，被包志卓推下石头堆身亡。这种铭心刻骨之爱，是生命的绝唱。罗红玉喜欢他，虽然后来嫁了鲁金奎，但生活中经常明里暗里关照他。柳鸣凤一直帮他寻女。小说凭借这些女性人物来表达思想和诉求，对人性的深度展现，升华了小说中人物的道德处境，实现了对读者心灵的深层冲击。可以说，这些女性以"陪衬"的方式，极好地烘托了雷高汉的人物形象。

　　恩山义海，今古传奇，生动的故事与艺术的表达完美融合，扣动心弦的审美力量穿透纸背，艺术的回音久久不散。

"在场"观照下的中国百年白话散文价值谱系

唐小林教授主编的《中国白话散文百年史》，带着现代新视野下的散文思索和重建白话散文的审美谱系，将白话散文作为一个独立的、有价值的文体，并将其放置在社会历史变革和社会审美取向发展过程中去考察，以精神钻探的姿态深入不同历史时期文学思潮、流派和作家作品的内部，探源其思想脉络、艺术格局及其与时代共振的意义，自觉地将宏观的时代背景与微观的作品解读相结合，以其独特的视角，锋锐的笔法，梳理出中国百年现代性运动中白话散文发展的轨迹，呈现出立意新颖、框架明朗、剖析深刻细腻、语言生动的特点。确是好看又好读、片面又深刻。

一、以"介入，然后在场"为尺度，重塑文学价值

《中国白话散文百年史》共分六章。以"在场"为魂，时间为轴，"启蒙""救亡""革命""新启蒙""新人文""在场"六个核心词为峰，呈

现自"五四"新文化运动以来中国白话散文的百年流变，及在不同阶段的荣衰起伏和使命担当。每一章的标题如一座山峰，为我们呈现了散文在不同历史时期的时代使命、精神风采、文学成就等。它既凝聚了该时期时代的主流意识和散文的精神坐标，概括了该阶段的时代特征、社会思潮和文学创作的整体风貌，又对该时期涌现的重要散文作家及其经典佳篇，从文学、社会学的意义，从人性的挖掘等方面，进行深入细致的剖析，给人一种触动心灵的铿锵力量，让人在"片面的深刻"中不仅了解散文，更了解时代，文学的价值得以彰显。以"启蒙"为例，文学与时代的主旋律当然是"五四"新文化运动，与之相应的则是散文在启蒙民智、传播先进思想、促进民族进步、实现民族国家认同以及追求自由、民主、平等、公义等方面的社会责任。特别是"深刻"中折射出的时代场景、文化语境和写作意义，让散文由过去的"小摆饰"，一下跃升为时代的洪钟大吕。

除了文学本位的鉴赏和分析，该书更指向了作品的历史文化意义，即存在意义。这也是《中国白话散文百年史》不同于其他文学史类书籍的独到之处——唐小林把"在场"与"启蒙、救亡、革命、新启蒙、新人文"并列，既突显文学与时代的关联性，又站在现代民族国家构建的高度，"以'介入，然后在场'为价值尺度，采取'片面的深刻'方式，对自'五四'新文化运动以来的百年白话散文进行了客观理性的遴选、审视与评判。"

二、从"启蒙"到"新启蒙"，我们经历了什么

"启蒙"和"新启蒙"，是《中国白话散文百年史》的两个重要篇章，更是中国现代史及现代文学史、散文史的重要节点。它们的核心词都是"启蒙"，区别只在传统与"新"，其中包含的政治、思想、文化变迁，

既为我们开启了一个崭新的文化和文学认知，又为我们开启了新的历史认知。

以"五四"新文化运动为标志的第一次启蒙，以反封建、反殖民，追求社会变革为己任，以传播民主、自由思想和科学精神为动力，以文化与文学的革新为载体，以摧枯拉朽式的狂风骤雨，摧毁了统治中国几千年的传统礼教和扼杀"人"的封建专制文化。在文学上，异军突起的杂感，作为现代白话散文的第一方阵，与封建文化的激战中，如匕首、似投枪，以最便捷最迅猛的速度发挥着战斗作用；之后的言志抒情散文，注重人的内在情志释放，从自我存在和审美层面开启蒙先河；而为人生散文，综合二者，内外结合，从更广阔更深入的层面追寻人的自由与解放。三者相互渗透的发展轨迹，让我们看到了"五四"白话散文多元启蒙的特质。

发生在新时期以改革开放为标志的"新启蒙"，主要是针对"文革"极左遗毒。十年浩劫，在极左政治暴力下对人的伤害，对人性的扭曲，对人的思想的禁锢及传统价值观念的颠覆，以及种种不理性、不科学、不人道的行为，是又一种扼杀"人"的现象，给人制造出新的蒙昧。投射在文学上，多关注集体的"大我"和"高大全"、没有血性、丧失人性、不食人间烟火的所谓"英雄"，很少关注时代的痛点、生命个体的苦难、人格的尊严与人性的自由。"文革"结束后，在精神解放思潮下，人们亟待"新启蒙"的来临。这一时期，"文学高扬人道主义的旗帜，号召重视个体、个性与自由，张扬个人的精神品格。"散文创作也由关注集体的"大我"转向注视个体"小我"，追求个人情感的真实表达和"文革"伤痕的抚慰。

无疑，在这场新启蒙中，散文始终在场。前期的哀悼散文、反思散文，以同情不幸者、反思历史的是非对错、深刻批判极左思潮为主。巴金的《随想录》以自己的切身感受，带着对历史的重新审视和对自我的深刻反思，以及对灵魂的深度拷问，叙述生命的罹难过程，成为 20 世纪 80 年代揭露"文革"、艺术性与思想性兼具的重要散文力作。他敢于讲真话，以"在场"为魂，去蔽、敞亮，让真相之光照耀历史的角落，抵达人性的本真。后期出现书写真实美好人性的作品，如张洁的《捡麦穗》、孙犁的《亡人逸事》，相对于"文革"中种种人性的恶和互相伤害，这样的真情展露是对善良美好人性回归的真切呼唤。它们同样发挥了积极的启蒙作用——"在'同情'和'批判'的二维结构中生长出超拔向上的人道主义精神的第三维，即在苦难叙事或悲剧处境中正面书写美好人性，弘扬人道主义精神。"

三、"片面，然后深刻"，经典细读彰显审美品味

《中国白话散文百年史》在经典的遴选上，依据三个基本要素：白话语言的经典，艺术文本的经典，内蕴普遍价值的经典。这里的普遍价值，指现代民族国家建构中追求与捍卫的——人的自由与解放、国家的民主与独立、社会的公平与正义等。如果把"白话语言的经典"作为《中国白话散文百年史》遴选经典的底线，那么，"艺术文本的经典"和"内蕴普遍价值的经典"就是两个维度不同的高线，简言之，即散文的文学性与社会功能。清晰的标准下，透过风云变幻的时代大背景和重要作家个人的经历、思想变化历程，一篇篇经典散文带着立体的多元的信息向我们走来。

首先，背景明晰，在历史的多维坐标中呈现定位。

白话散文是与中国现代性民族国家建构相生相伴的产物，它的发展变化离不开社会历史的制约。每一次的散文运动是时代催生的产物，每一篇经典佳作的出现，带着作家个体的精神胎记，都能在历史的多维坐标中找到定位。《中国白话散文百年史》共选取了 27 位代表性作家的 29

篇经典散文进行了细致解读，在细读中呈现深刻。在每一个历史的"现场"，社会思潮、文学流派、作家的个人经历、思想内核、创作历程、文学主张等等，构成了一张动感十足的网格图，折射出特定历史条件下文化的语境、写作的意义、艺术的审美追求。它们如一幅幅画的背景，让读者在读懂主景前，先对背景有了清晰的认识和定位；抑或主景就是构成壮阔风云的引爆点，只一个声势，就带动了一片响应，于时代的洪流中润砾成珠。这种细读与绪论、每一章第一节的综述水浮交融，构建了一幅生动的片面深刻图。

其次，经典细读，在两个审美的高线中客观评判。

回到《中国白话散文百年史》经典遴选的标准，"艺术文本的经典"和"内蕴普遍价值的经典"，即作品的文学性与社会功能。该书能够在这两个审美的高线中兼而顾之并客观评判，体现了坚定的立场：作为艺术文本，艺术性是它的本质特征，没有了艺术特质，自然不成经典；反过来，"也不能只看它的艺术功能，以所谓的'文学性'而无视它的社会作用，因为它是这一'百年中国'经典的白话散文，它必然与这一'百年中国'发生深刻关联。"这是一种全新的审美视角，体现了两种价值关系的辩证把握下理论批评的"在场"，它既跳脱了"文学为政治服务"的简单模式，强调了作品的艺术性特质，又融合了文学内蕴普遍价值的社会学意义。体现在评判中的多维视角，是一种可贵的探索与创新。

如，抗战时期，有出自"政治认同"的优秀杂文和报告文学，还有出自"文化认同"的那些随现实而动、关切人类共同命运的文学作品：张爱玲看似不掺和政治，但她的作品并未脱离社会现实问题，她以自己对市民生活市民观念独到的见解，从另一个向度——女性题材入手，深入到女性的精神深处，描写大时代背景下市民生活的本真状态，揭示世俗人生的苍凉。她的散文集《流言》承载了永恒的民族记忆，是"文化认同"的典范。另外，被称为"另一种抗战文字"的梁实秋的《雅舍小品》，笔触指向日常生活和现实社会，从形形色色的世相人生中表现普遍的永久的人性，散发着浓厚的生活气息，同样成为中国白话散文史上不可忽略的经典作品。

同时，因为有了多维的视角，有了遵循文学自身规律的精神坐标，所以在评判中少了非黑即白的论断，多了丰富、宽泛、新颖、独到的见解。它善于客观地陈述事实，既'不虚美'，也'不隐恶'，实事求是地做精微细致的剖析，读来既有故事叙述般的生动特点，又有理论批评的真实、敞亮、无遮蔽性。史论相融，观点鲜明而不失深刻；阐释详尽，语言准确而不失灵动，呈现了对艺术作品独到的审美品位。

再次，散文性与在场精神，以史为鉴，可以正散文。

该书的经典解读，在把握散文性，立足当下性，着重发现性，体察苦难，追求多样性方面，极好地体现了在场写作所追求的作家的"存在底线"和作品的"艺术高线"。书中那些进入到文学场域，返回文化语境，深入作家作品内部，进行文本细读、文学鉴赏和审美分析的文字，美感质感兼具，仿若一股清流，在"片面的深刻"中，尽显白话散文经典的魅力。

作为中国文学史的一个有机组成部分，该书为中国白话散文发展的研究所做出的积极探索和审美发现，不仅清醒、自觉的"在场"意识，为白话散文的精神品格注入了新的气质和气度，而且重塑了"在场"观照下的中国百年白话散文价值谱系和审美谱系。其理论价值和实践意义，必将对中国当下散文创作产生潜在的指导和影响，也将为散文的未来发展——艺术价值和普遍意义的发现指明新的方向。

以史为鉴，可以正散文。该书像一面多棱镜照出了百年白话散文生命的曲线，也像一面迎风飞扬的旗标示了散文前行的航向！